AUS LIEBE ZUM LANDLEBEN

Weihnachtszeit

Winterzeit • Geschichtenzeit

AUS LIEBE ZUM LANDLEBEN

Weihnachtszeit
Winterzeit • Geschichtenzeit

Dort-Hagenhausen-Verlag

Inhalt

Vorwort

Was ist eigentlich Weihnachten?

Bereits viele Tage vor Weihnachten dreht sich alles um … ja eben Weihnachten. Manchmal so sehr, so laut und bunt, dass man darüber vergisst, wie sehr auch die Stille ein Teil der Vorfreude auf das größte Fest des Jahres sein sollte. Wenn am ersten Adventssonntag das neue Kirchenjahr eröffnet wird, beginnt auch die Zeit der Erwartung.

Im Advent bereiten sich Mensch und Natur auf das Wiederaufsteigen des Lichtes nach der Wintersonnenwende vor und erwarten mit Vorfreude die Geburtsfeier Christi. Meist geht dies mit hektischen Vorbereitungen, Geschenkkäufen und Menüvorschlägen einher. Nicht selten ist diese Zeit dann so gar nicht besinnlich, selbst die Adventssonntage sind mit Weihnachtsbazar, dem Besuch auf den vielen Christkindlmärkten und mit letzten Vorbereitungen gefüllt. Diese vorweihnachtliche Hektik hat aber schließlich auch ein großes Ziel vor Augen: das gemeinsame Feiern. Da gehört Ungeduld dazu. Gerade Kinder können es meist gar nicht erwarten, dass ihr fein säuberlich geschriebener Wunschzettel erfüllt wird. Aber nicht nur Adventskalender und Adventskerzenentzünden verkürzen die trubeligen 24 Vorweihnachtstage: Mit dem Befüllen des Nikolausstiefels wird schon die Tradition des Schenkens vorweg genommen.

Ebenfalls ein Symbol des Er-Wartens sind Lebkuchen. Mandeln, Honig, Kardamom, Zimt, Pfeffer, Vanille – das auch unter Siebengewürz bekannte Lebkuchengewürz, wurde schon vor vielen Jahrhunderten zu lange haltbarem Backwerk verarbeitet, das die lange Weihnachtszeit unbeschadet überdauern konnte.

Wenn zwischen dem dritten und vierten Advent die längste Nacht des Jahres ist und die Wintersonnenwende bereits wieder auf das Nahen des Frühjahrs hindeutet, beginnt die besonders lichterfrohe Zeit. Kerzen gehören zu Weihnachten: als Symbol der Reinheit, der Erkenntnis und der Erwartung. Noch aus vorchristlicher Zeit stammt der Brauch, Tannenzweige um den Tag der Wintersonnenwende aufzuhängen. Ab dem 17. Jahrhundert hat man im Elsass an Tannenzweige und schließlich Tannenbäume Äpfel und Oblaten, sowie Papierschmuck gehängt. Heute verbreiten in Haushalten, aber auch in Geschäften und Büros Adventskränze und Tannengebinde ihren betörenden Duft.

Auch wenn Betriebsamkeit die Vorweihnachtszeit prägt, sollte genug Zeit für Musik und Singen bleiben – vielleicht kann man an späten, schon dunklen Nachmittagen zu Punsch und Plätzchen sich mancher einfacher Weihnachtslieder entsinnen. Wer nicht selber singen möchte, greift so vielleicht zu einer CD, und manch einer wird unmerklich Weihnachtslieder summen. Musik als Symbol für Engelschöre und Trompeten, die die himmlische Botschaft bringen, ist

eines der tragenden Elemente des Dezember und kann für schöne Pausen im Familienalltag sorgen. Vielleicht ist auch schon ein Baum besorgt worden, der nun an einem kühlen Ort darauf wartet, geschmückt zu werden. Spätestens wenn in vielen Familien die Krippenfiguren aus ihrem Jahresquartier geholt werden, wissen die Kinder, dass der große Tag nicht mehr weit ist.

Glocken gehören untrennbar zu Weihnachten. Das kleine, hell tönende Glöckchen, das zur Bescherung ruft, ist nur ein Vorbote der großen Christmettengeläute, die am 24. Dezember die Nacht erfüllen.

Weihnachten ist ein Fest der Sinne, und neben dem Hören, dem Riechen, dem Schauen dreht sich an Weihnachten vor allem viel Zeit ums Essen. Ursprünglich als Willkommensgruß für das Jesuskind gedacht, ist das Weihnachtsessen, natürlich regional verschieden, aber überall ein Anlass, Familie und Freunde um sich zu scharen. Üppig und feierlich darf es dann schon sein und ob Truthahn, Gans, Karpfen oder Heringssalat, ein Weihnachtsessen soll und darf lange dauern, schließlich wird nicht nur ein vollbrachtes Jahr gefeiert, das langsam ausklingt, sondern es soll auch Hoffnung für ein neues geschöpft werden.

Das größte Ereignis für Kinder ist die Bescherung – wenn sie spannend und feierlich begangen wird. Spätestens jetzt sollte alle Hektik vergessen sein, denn gelungene Weihnachtsabende behält man ein Leben lang als wärmende Erinnerung.

Jede Familie und deren Freunde werden im Lauf der Zeit ihre eigenen Rituale entwickeln, das ist gut so, denn gerade Kinder lieben immer Wiederkehrendes und fordern dieses ein. Es vermittelt ihnen Sicherheit und Geborgenheit nach einer langen Zeit der Erwartung und Spannung.

Die weihnachtlichen Festtage sind eine schöne Gelegenheit, Zeit nicht nur mit Organisieren und Vorbereiten zu verbringen, sondern Freunde und Verwandte zu besuchen, einen Spaziergang zum Familiengrab zu machen oder einfach an der frischen Luft neue Kraft zu tanken.

Die sogenannte Zeit zwischen den Jahren, also vom 24. bis zum 31. Dezember, ist eine würdige Zeit der Nachbereitung des Weihnachtsfestes. Die Kerzen am Baum können immer wieder angezündet werden, Plätzchen und Bratenreste bestimmen den Menüplan, und wenn es am 28. Dezember bereits die ersten Silvesterartikel zu kaufen gibt, bekommt die Weihnachtszeit ihre unernste Note.

Der 6. Januar gehört in vielen Regionen traditionell den Sternsingern, die von Tür zu Tür gehen und um eine milde Gabe bitten, die den Bedürftigen gespendet wird. An diesem Tag wird häufig auch der Christbaum abgeschmückt und die Krippe wieder verstaut. Und so manches Kind denkt bedauernd daran, dass nun erst wieder elf Monate vergehen müssen, um sich auf Weihnachten zu freuen.

CHRISTINE PAXMANN

Adventszeit – Neugierde und Gemütlichkeit

Die Tage werden immer kürzer,
Kerzenlicht beschert eine Stimmung,
die uns zum Backen,
zum Geschichtenerzählen und
zum Geschenkebasteln anregt.

Zur Adventszeit

empus Adventus Domini, Zeit der Ankunft des Herren, auf diesen Begriff geht die Bezeichnung Adventszeit zurück, die in dieser Form seit dem 7. Jahrhundert gefeiert wird und aus den vier Adventssonntagen besteht. Gerechnet daran, dass der letzte, also vierte Adventssonntag, vor dem 25. Dezember liegen muss. Zwischen 22 und 28 Tage kann demnach die Zeit betragen, in der neben den vier Sonntagen auch der Barbaratag am 4. Dezember und Nikolaus am 6. Dezember gefeiert werden. Beide Feste stehen allerdings mit der kirchlichen Adventstradition in keiner Verbindung, doch so genau nehmen wir es heute nicht mehr. Sich festlich und rituell dem Weihnachtsfest zu nähern, hat in schnelllebigen Zeiten eine besondere Qualität. Adventskalender versüßen nicht nur Kindern die oft hektische Zeit bis Weihnachten. Advent ist auch jener Abschnitt, den man als besinnliche Zeit bezeichnet – doch in der Realität sieht es meist anders aus: Geschenke wollen besorgt werden, an den Arbeitsplätzen geht es hoch her, und zwischen betrieblichen Weihnachtsfeiern und Krippenspielen in den Schule, Besuchen auf Weihnachtsmärkten und dem Planen des Festmahls ist oft kaum Zeit nachzudenken. Fast scheint es, als wolle man die Adventszeit mit einem neuen Tempo versehen. Doch bei aller Hektik soll am Ende ein Fest stehen, das neben dem christlichen Grundgedanken den Jahresabschied einleitet. Friedlich und gastlich.

Weihnachtliche Erfindungen

Der Adventskalender

Gerade Kinder können es meist gar nicht erwarten, dass ihr fein säuberlich geschriebener Wunschzettel erfüllt wird. Als ein kleiner Junge Ende des 19. Jahrhunderts seine Mutter immer und immer wieder mit der Frage „Wann ist es denn endlich soweit?" bedrängte, bastelte sie ihm schließlich 24 Schächtelchen, in die sie kleine Bildchen hineinlegte. Jahre später, 1904, der Junge war mittlerweile erwachsen und Lithograf geworden, brachte er den ersten gedruckten Adventskalender auf den Markt. Heute ist selbst unter Erwachsenen das erwartungsfrohe Öffnen eines Adventskalenders eine beliebte Vorweihnachtsfreude.

Der Adventskranz

Als Johann Heinrich Wichern im Jahr 1839 den ersten Adventskranz aufstellte, damals noch ein einfacher Holzkranz mit vier weißen Kerzen für die Sonntage und rote Kerzen dazwischen für die Tage der Woche, ahnte er wohl noch nicht, welche dekorative Rolle der Kranz einmal spielen sollte. Selbst in weltlichen Haushalten, in Büros, Geschäften, auf öffentlichen Plätzen wie Flugplätzen, Rathäusern, Schulen, Krankenhäusern und sogar Polizeistationen finden sich heute in der Vorweihnachtszeit Kränze in traditionellem Rot und Grün, dann auch wieder sehr fantasievoll aus Designmaterialien oder in bunten Farben. Kaum jemand kann sich dem Brauch entziehen, mit immer einer Kerze mehr sich dem Weihnachtsfest zu nähern. Der Theologe Wichern nutzte den Kranz im Zuge seiner Reformpädagogik und bei der Erziehung bedürftiger Kinder, die er in seiner Einrichtung Rauhes Haus aufnahm und in kleinen Familienstrukturen erzog. Nur der Weihnachtsbaum hat vielleicht eine ähnliche Karriere gemacht.

Der Weihnachtsbaum

Bäume waren schon in vorchristlicher Zeit Gegenstände kultischer Handlungen. Die Römer hängten Lorbeerzweige in ihre Häuser zur Abwehr von bösen Geistern. In den USA ist es üblich, sich unter Mistelzweigen zu küssen, was seinen Ursprung in keltischen Mythen hat, die irische Einwanderer mit in die Neue Welt brachten. Der Weihnachtsbaum, wie wir ihn kennen, ist erstmals im 16. Jahrhundert amtlich belegt in einem elsässischen Dokument – im Strassburger Münster wurde ein weihnachtlicher Baum aufgestellt. Bereits im 17. Jahrhundert häufen sich Erwähnungen geschmückter Bäume. Bei Goethe und Schiller finden sie Eingang in die Literatur. Doch erst die Romantik und die Salons der adligen Damen, und auch der jüdischen und katholischen Kreise beflügelten die Mode um das schmucke Wintergrün. So sehr, dass mancherorts Baumfällverbote ausgesprochen wurden, denn Tannenanbau war in Deutschland damals nicht die Regel. Durch die Holzschnitzermanufakturen und Glasbläserindustrie im 19. Jahrhundert hielt auch der Weihnachtsschmuck Einzug in die bürgerlichen Wohnzimmer. Seit dem 20. Jahrhundert ist der Verbrauch von Weihnachtsbäumen kontinuierlich gestiegen, bis zu 30 Millionen Weihnachtsbäume werden jährlich allein in Deutschland gekauft. In einer Welt, die immer schnelllebiger wird, ist dies ein deutliches Zeichen für das Bedürfnis nach Tradition.

Zunächst war er schlicht und ergreifend eine Zählhilfe: Viele nagelten sich 24 Bilder an die Wand oder steckten Tag für Tag Strohhalme in eine kleine Krippe. Erst das Industriezeitalter sollte den Siegeszug des Adventskalenders einläuten. Heute ist er Dekogegenstand, Liebesgruß, Familienmittelpunkt oder ganz einfach eine Naschhilfe im Dezember.

Knecht Ruprecht, du trägst huckepack auf deinem Rücken einen Sack.
Sag, sind darin auch Pfefferkuchen? Die möchte ich schrecklich gern versuchen!
VOLKSGUT

Das süße Brot des Nikolaus

Am 6. Dezember wird des großen Heiligen, Nikolaus von Myra, gedacht, der im 6. Jahrhundert aus der kleinasiatischen Hafenstadt Myra auszog und viel Gutes vollbrachte. Seither gilt er als Schutzpatron der Kinder und Seeleute, und ihm zu Ehren werden am Vorabend oder am Morgen des 6. Dezember Stiefel vor die Türen gestellt. Apfel, Nuss und Mandelkern, Mandarinen und Rosinen sind traditionelle Gaben, die der Nikolaus dann bringt. Die exotischen Früchte erinnern an die orientalische Herkunft des heiligen Mannes, der auch als Urvater des Marzipans gilt.

Marzipan – ein ganz besonderer Stoff

Das „Marci Panis" – das Brot des Markus – geht auf den Schutzpatron der Stadt Venedig zurück, die als alte Seefahrermetropole dem heiligen Nikolaus besondere Ehre erwies und die Herstellung der süßen Näscherei aus Mandeln kunstvoll betrieb, ähnlich anderen Hafenstädten wie Lübeck und Königsberg. Heute noch sind Marzipankartoffeln ein vorweihnachtlicher Klassiker. Puderzucker und geschälte Mandeln, fein gerieben mit Rosenwasser und seltenen Aromen verfeinert, plus ein paar gut gehütete Geheimnisse, so wird es hergestellt, das „Brot des Marcus", das Marzipan. Zwar streiten sich bis heute die Sprachforscher und Rezepteure, ob das Wort Marzipan tatsächlich auf den Schutzheiligen der Stadt Venedig, Marcus, zurückgeht oder nicht doch vom persischen märzeban (Markgraf) beziehungsweise dem griechischen „maza" für Mehlbrei abstammt, aber schön ist allemal die Vorstellung, dass der heilige Nikolaus von Myra als Schutzpatron der Seefahrer in all den Häfen, die er anlief, kleine Zuckerbällchen an die Kinder verteilte. Unbestritten ist, dass Marzipan eine Feinkost aus dem Orient ist, wo sie als Haremsschleckerei dem Sultan und seinen Frauen schmeckte. Auf den Handelswegen der Renaissance kam das süße Kraftbrot über Venedig nach Europa. Durch die Geschichte mit dem heiligen Nikolaus erhielt die wertvolle Leckerei heilige Weihen, wurde aber zunächst als Arznei eingesetzt. Heute dürfen Marzipankartoffeln auf keinem Nikolausteller fehlen.

Krampus, Knecht Ruprecht

Tatsächlich gehört der ruppige Begleiter des guten Nikolaus in das Reich der Kinderschrecke, jener gruseligen Gestalten, die ihren festen Platz in der Folklore, den Sagen und Märchen haben. Zum einen waren sie Thrillerelement, zum anderen pädagogische Maßnahme. Guter Cop – böser Cop würde man heute zum Duo Nikolaus und Krampus oder Knecht Ruprecht wohl sagen.

CHRISTINE PAXMANN

Bitte, lieber Weihnachtsmann, denk an uns und bringe
Äpfel, Nüsse, Plätzchen mir, Zottelbär und Panthertier,
Ross und Esel, Schaf und Stier, lauter schöne Dinge.
Doch du weißt ja unsern Wunsch, kennst ja unsre Herzen.
Kinder, Vater und Mama, ja sogar der Großpapa,
alle, alle sind wir da, warten dein mit Schmerzen.
Morgen kommt der Weihnachtsmann,
kommt mit seinen Gaben.
Puppen, Pferdchen, Sang und Spiel
und auch sonst der Freude viel.
Ja, o welch ein Glücksgefühl, könnt ich alles haben.

HEINRICH HOFFMANN VON FALLERSLEBEN

Die süße Geschichte der Lebzelter

Zu allen Zeiten hatte das Süße immer seinen besonderen Reiz. Es löste wie heute auch Glücksgefühle aus, verfeinerte Speisen und es war kostbar. Denn das Süßeste, was man bereits seit der Antike finden konnte, war der Honig – ein Naturprodukt, das sich auch hervorragend zum Konservieren von Speisen eignete. Den zu gewinnen war ein mühsames Unterfangen, das ab dem Frühmittelalter von den Zeidlern (althochdeutsch: zeideln = schneiden) betrieben wurde. Grundlage dazu war das Abschneiden ganzer Bienenwaben aus den Wildbienenstöcken, die häufig in Bäumen zu finden waren. Dabei durfte dem Bienenvolk nichts geschehen, der Fortbestand musste gesichert sein. Gute Voraussetzungen für solch sensible Arbeit waren Gebiete mit hohem Nadelwaldaufkommen, wie es rund um Nürnberg, Berlin, aber auch im Chiemgau vorkommt. Die Zeidler professionalisierten ihre Tätigkeit, bauten künstliche Höhlen in alten Bäumen, die sie mit Brettern und Einfluglöchern versahen. Die Waldimkerei bekam immense Bedeutung. Lieferten die Zeidler doch nicht nur den kostbaren Honig, sondern auch das Wachs für Kerzen. Viele Zeidlereien waren Klöstern angeschlossen.

Zünftig

Auch wenn es die Waldimker vermutlich schon seit vorchristlicher Zeit gab, wurden sie erst im 13. Jahrhundert als Beruf erwähnt. Doch ihr Ansehen stieg, vor allem durch den Burgenbau im Mittelalter und den dadurch erhöhten Bedarf an Wachs und Kerzen. 1437 wird in München die erste Lebzelterzunft gegründet, sie erhalten besondere Privilegien, dürfen im Wald Waffen mitführen, müssen dafür aber Königlichen sicheres Geleit gewähren. Parallel entsteht dazu die bäuerliche Imkerei und angeschlossen daran das Gewerbe der Lebzelter oder Lebküchner. Eigentlich haben sie von der Biene alles Verwertbare in klingende Münze umgesetzt. Aus dem Honig wurden Lebkuchen gebacken, die nicht nur hohe Haltbarkeit hatten, sondern auch durch raffinierte Gewürzmischungen aus dem Orient zu echten Kostbarkeiten wurden. Der Einfachheit halber nannte man sie alle Pfeffer und die Produkte Pfefferkuchen.

Teure Kuchen und Hochprozentiges

Den Lebkuchen in heutiger Form hat man im 15. Jahrhundert im belgischen Dinant erfunden. Honigkuchen verziert mit Zuckerrand gab es bereist in einer 1370 erwähnten Lebkuchenbäckerei in München. Nur Städte mit großem Handelsaufkommen konnten sich den Import teurer Orientgewürze leisten. Bis heute sind einige von ihnen genau wegen der klebrigen Zuckerware welberühmt. Nürnberg für seine Lebkuchen, München für die Wiesnherzen und Basel für seine Printen.

Außerdem war den Lebzeltern das Sieden von Honigwein, dem Met, gestattet, sogar ausschenken durften sie ihn. Mit Kerzenziehen und Wachsverarbeiten hatten sie ein weiteres Standbein und durch das Anfertigen von Gebildbroten zunächst aus Printenteig, später auch aus Wachs, waren ihnen Aufträge aus religiösem Anlass sicher. Gebildbrote wurden zur Beerdigung, Taufe, aber auch als Votivtafeln eingesetzt. Dazu wurde Wachs oder eben Teig in kunstvoll beschnitzte Formen, die Modeln, gegossen und nach Erkalten oder Backen herausgebrochen. Springerle oder Spekulatius heißen bis heute Plätzchen, die nach der kunstvollen Art hergestellt sind.

Lebzelter in anderer Form

Recht früh schon, vor allem in Bayern, hat das Bier dann dem Verzehr von Met Konkurrenz gemacht. Im 18. Jahrhundert wurde Paraffin ein billiger Kerzenstoff. Schließlich revolutionierte eine einfache Rübe das Zuckerverhalten: Die leicht zu kultivierende Zuckerrübe ersetzte den Honig. Aus den Lebzeltern wurden Zuckerbäcker und später Konditoren. So mancher Traditionsbetrieb kann heute auf eine jahrtausendealte Geschichte zurückblicken, die mit der Biene begann.

Mein lieber Freund!

Die Weihnacht ist gekommen mit ihrem Troste, mit ihrem Himmelsfrieden fürs kranke Menschenherz. Sie ist so erhaben und heilig, diese Nacht, dass sie eigentlich gar nicht auf die Erde gehört, sondern ins Himmelreich. Lass mich heute eine glückliche Stunde träumen; träume mit mir, träumen wir uns zusammen!

Draußen heulen die Stürme und schleudern Eis und Flocken ans wohlverwahrte Fenster. Wir ruhen im trauten warmen Gemache, einer an die Brust des andern gelehnt, und vor uns strahlt ein Christbaum mit unseren Wünschen behangen. An Deiner Seite, die weichen Arme um Deinen Hals geschlungen, Dich innig anblickend und küssend, ruht Dein süßes Weibchen; und willst Du, so lass auch ein paar Kleine an Deinem und am Fuße des Christbaumes jubeln; der Christbaum ist ja eigentlich für Kinder. – Ich? Ich verzichte auf das Weibchen und folglich auch auf die Kleinen; ich lehne mich dafür inniger an die warme Freundesbrust und freue mich mit Dir an Deinem Glück. Dann nehme ich das älteste Büblein auf den Schoß, und es muss mir zeigen, was doch das Christkindlein ihm gebracht hat. Dann frage ich es, wen es wohl lieber habe, das Christkindlein oder den Vater; da schüttelt es sein Lockenköpfchen und denkt nach, und endlich sagt es: Oh, den Vater habe ich noch lieber; und will zu Dir und herzt und küsst Dich. Und das engelliebe Mädchen frohlockt an der jungen Mutter Seite. Und über dieses Stück Seligkeit flammen die hundert Kerzlein und machen das Leben und die Herzen so licht, so licht wie im Lande der Verklärung. Dann hebe ich zitternd vor Freude das schäumende Glas in die Höhe und rufe: Prosit meinem Freund, dem Könige des Glückes –

Und der Engel Gottes schwebt über unsere Häupter und lispelt: Amen! Amen! Dann öffnet sich das himmlische Füllhorn des Segens und niedersenken sich auf Dich und die Deinen viele, viele Jahre des Glückes; ein ganzes rosendurchwobenes Leben!

Peter Rosegger an seinen Freund Emil Brunlechner
Graz, Weihnachten 1867

Liebste Freunde!
Diese zwei Porzellan-Gegenstände fehlten uns gerade noch. Ich habe schon wochen-
lang in meinen Träumen Angst davor gehabt. Wehe Eurem Angedenken, wenn nach
100 Jahren unser Glasschrank einem meiner Urenkel auf den Kopf fällt! Hier sitze ich,
denke dieser Kinder und Enkel und – schüttle das Haupt.
Vergnügte Feiertage! In Braunschweig regnet's, schneit's und eiset's glatt.
Euer getreuer W. R.
Wilhelm Raabe an Jensen

Weihnachtsschnee

Ihr Kinder, sperrt die Näschen auf,
es riecht nach Weihnachtstorten;
Knecht Ruprecht steht am Himmelsherd
und bäckt die feinsten Sorten.

Ihr Kinder, sperrt die Augen auf,
sonst nehmt den Operngucker:
Die große Himmelsbüchse, seht,
tut Ruprecht ganz voll Zucker.

Er streut – die Kuchen sind schon voll –
er streut – na, das wird munter:
Er schüttelt die Büchse und streut und streut
den ganzen Zucker runter.

Ihr Kinder sperrt die Mäulchen auf,
schnell! Zucker schneit es heute;
fangt auf, holt Schüsseln – ihr glaubt es nicht?
Ihr seid ungläubige Leute!

Paula Dehmel

Neuschnee

Flockenflaum zum ersten Mal zu prägen
Mit des Schuhs geheimnisvoller Spur,
deinen ersten Pfad zu schrägen
durch des Schneefelds jungfräuliche Flur –
kindisch ist und köstlich solch Beginnen,
wenn der Wald dir um die Stirne rauscht
oder mit bestrahlten Gletscherzinnen
deine Seele leuchtend Grüße tauscht.

CHRISTIAN MORGENSTERN

Der erste Schnee

Herbstsonnenschein. Des Winters Näh
Verrät ein Flockenpaar;
Es gleicht das erste Flöckchen Schnee
Dem ersten weißen Haar.

Noch wird – wie wohl von lieber Hand
Der erste Schnee dem Haupt –
So auch der erste Schnee dem Land
Vom Sonnenstrahl geraubt.

Doch habet Acht! Mit einem Mal
Ist Haupt und Erde weiß,
Und Liebeshand und Sonnenstrahl
Sich nicht zu helfen weiß.

THEODOR FONTANE

Ein Winterabend

Wenn der Schnee ans Fenster fällt,
lang die Abendglocke läutet,
Vielen ist der Tisch bereitet
Und das Haus ist wohl bestellt.

Mancher auf der Wanderschaft
Kommt ans Tor auf dunklen Pfaden.
Golden blüht der Baum der Gnaden
Aus der Erde kühlem Saft.

Wanderer tritt still herein;
Schmerz versteinerte die Schwelle.
Da erglänzt in reiner Helle
Auf dem Tische Brot und Wein.

GEORG TRAKL

Die stillste Zeit im Jahr

Immer am zweiten Sonntag im Advent stieg der Vater auf den Dachboden und brachte die große Schachtel mit dem Krippenzeug herunter. Ein paar Abende lang wurde dann fleißig geleimt und gemalt, etliche Schäfchen waren ja lahm geworden, und der Esel musste einen neuen Schwanz bekommen, weil er ihn in jedem Sommer abwarf wie ein Hirsch sein Geweih. Aber endlich stand der Berg wieder wie neu auf der Fensterbank, mit glänzendem Flitter angeschneit, die mächtige Burg mit der Fahne auf den Zinnen und darunter der Stall. Das war eine recht gemütliche Behausung, eine Stube eigentlich, sogar der Herrgottswinkel fehlte nicht und ein winziges ewiges Licht unter dem Kreuz. Unsere Liebe Frau kniete im seidenen Mantel vor der Krippe, und auf der Strohschütte lag das rosige Himmelskind, leider auch nicht mehr ganz heil, seit ich versucht hatte, ihm mit der Brennschere neue Locken zu drehen. Hinten standen Ochs und Esel und bestaunten das Wunder. Der Ochs bekam sogar ein Büschel Heu ins Maul gesteckt, aber er fraß es ja nie. Und so ist es mit allen Ochsen, sie schauen nur und schauen und begreifen rein gar nichts. Weil der Vater selber Zimmermann war, hielt er viel darauf, dass auch sein Patron, der heilige Joseph nicht nur so herumlehnte. Er dachte sich in jedem Jahr ein anderes Geschäft für ihn aus. Joseph musste Holz hacken oder die Suppe kochen oder mit der Laterne die Hirten einweisen, die von überallher gelaufen kamen und Käse mitbrachten oder Brot oder was sonst arme Leute zu schenken haben. Es hauste freilich ein recht ungleiches Volk in unserer Krippe, ein Jäger, der zwei Wilddiebe am Strick hinter sich herzog, aber auch etliche Zinnsoldaten und der Fürst Bismarck und überhaupt alle Bresthaften aus der Spielzeugkiste. Ganz zuletzt kam der Augenblick, auf den ich schon tagelang lauerte. Der Vater klemmte meine Schwester zwischen die Knie, und ich durfte ihr das längste Haar aus dem Zopf ziehen, ein ganzes Büschel mitunter, damit man genügend Auswahl hatte, wenn dann ein golden gefiederter Engel darangeknüpft und über der Krippe aufgehängt wurde, damit er sich unmerklich drehte und wachsam umherblickte. Das Gloria sangen wir selber dazu. Es klang vielleicht ein bisschen grob in unserer breiten Mundart, aber Gott schaut seinen Kindern ja ins Herz und nicht in den Kopf oder aufs Maul. Und es ist auch gar nicht so, dass er etwa nur Latein verstünde. Advent, sagt man, sei die stillste Zeit im Jahr. Aber in meinem Bubenalter war es keineswegs die stillste Zeit. In diesen Wochen lief die Mutter mit hochroten Wangen herum, wie mit Sprengpulver geladen, und die Luft in der Küche war sozusagen geschwängert mit Ohrfeigen. Dabei roch die Mutter so unbeschreiblich gut, überhaupt ist ja der Advent die Zeit der köstlichen Gerüche. Es duftet nach Wachslichtern, nach angesengtem Reisig, nach Weihrauch und Bratäpfeln. Ich sage ja nichts gegen Lavendel und Rosenwasser, aber Vanille riecht doch eigentlich viel besser, oder Zimt und Mandeln.

KARL HEINRICH WAGGERL

Der 13. Dezember

Von lux, dem lateinischen Wort für Licht, kommt der Name der heiligen Lucia, entsprechend gilt sie als Symbol der leuchtenden Gnade, aber auch als Lichtbringerin. Lucia, Tochter einer vornehmen sizilianischen Familie, wurde wahrscheinlich im Jahr 304 unter Kaiser Diokletian ermordet. Zunächst einem reichen jungen Mann verlobt, erlangte Lucia die Genehmigung der Familie, ledig und jungfräulich zu bleiben, nachdem sie mit ihrer Mutter zum Grab der heiligen Agatha in Catania gepilgert war und die Mutter dort Heilung von einer schweren chronischen Krankheit erfuhr. Der enttäuschte Bräutigam zeigte Lucia bei den römischen Behörden als Angehörige der verbotenen Christengemeinde an, und der Richter beschloss, die junge Frau in ein Bordell zu bringen. Es gelang aber nicht, sie von der Stelle zu bewegen, und auch die Flammen, in denen sie sterben sollte, erloschen immer wieder. So tötete man sie endlich mit dem Schwert, zumindest der Legende nach. Dass die heilige· Lucia im Volksglauben auch eine heidnische Schwester hat, die Luzelfrau, Lucienbraut oder Lussibrud, hängt vor allem mit dem Jahreslauf und dem bis ins 16. Jahrhundert geltenden Julianischen Kalender zusammen. Nach diesem war nämlich der 13. Dezember der kürzeste Tag des Jahres, an dem man sich besonders nach der Wiederkehr des Lichtes, der Sonne sehnte. So rankten sich um den Lucientag eine Reihe von Bräuchen, die sich später in Form der winterlichen Sonnenwendfeiern fortsetzten. Die Luzelfrau tobte, in Stroh oder einen blutroten Mantel gehüllt, durch die Dörfer, bestrafte faule Mägde und Knechte, kontrollierte die Sauberkeit in Haus und Stall, schreckte die Kinder. St. Lucia, ihre christliche Schwester, tritt in den nordischen Ländern noch heute, mit einer Lichterkro-

ne geschmückt, am Morgen ans Bett der Familienmit-
glieder, oft auch der Patienten in Heimen und Kliniken,
und bringt die frohe Botschaft von der wieder erstar-
kenden Sonne, von der Gnade des herannahenden
Christenfestes. Mancherorts werden Lucienzweige
geschnitten wie anderorts am Barbaratag.

In flachen Schalen oder auf feuchter Watte werden
Weizenkörner oder Linsen zum Keimen gebracht, die
dann in die Krippe einbezogen zu Weihnachten die
Wiedererwachende Natur symbolisieren. Im ober-
bayerischen Fürstenfeldbruck, wo einst der Bergfluss
Amper oft gefährliche Überschwemmungen brachte,
basteln die Kinder aus Holz und Pappe Nachbildun-
gen aller Gebäude des Ortes, schmücken sie mit Kerzen und lassen sie am Lucientag im Fluss treiben –
Erinnerung wohl auch an einen heidnischen Opfer-
brauch, der den Flussgott besänftigen sollte.

Rosel Termolen

Luthers Weihnachtslied

Man schrieb in Wittenberg das Jahr 1535. Draußen war's Winter mit kaltem Schneelicht. Luther saß in seiner Studierstube vor lauter Akten und Bücherbergen. Um seine Beine herum kroch ein kleines Mädchen, das mochte wohl so an die fünf Jahre alt sein. Sie war langzöpfig, hatte große lachende Augen und hieß Magdalena. Luther lächelte, schob die dicken Akten zur Seite und sann vor sich hin.

Draußen rüttelte der Schneesturm.

Er griff zum Federkiel und bildete Verszeile auf Verszeile. Und jede Zeile kam ihm vor, als wäre sie eine Säule zu einem Kirchlein. Und er schrieb und schrieb. Manchmal lauschte er nach unten, zu seinen Füßen. Und da haschte er den Liebreiz aus den Augen seiner Magdalena. Und der Kinderliebreiz wurde zum bunten Fenster im Kirchlein.

Das kleine Mädchen war eben dabei, Luthers Schuhriemen aufzulösen. Jetzt war sie fertig und warf den Schuh an die Lutherlaute, die in der Ecke, wie ein lustiger Fant, im Dunkeln stand. Die Laute klirrte und tönte. Lenichen jubelte und jauchzte und lachte.

Luther nahm das Lachen, das helle, klingende Kinderlachen, und baute einen strahlenden Altar daraus für sein Kirchlein.

Und nun sang die kleine Luthertochter; ein ungeschicktes Kindersingen. Und das Kindersingen flog in das Lied, das der Doktor baute, und wurde zur läutenden Glocke darin.

Luther war fertig und strahlte und griff seine kleine Tochter, setzte sie auf den Schoß und las, den blonden Kinderschopf an seine Brust gelehnt:

„Vom Himmel hoch, da komm ich her,
ich bring euch gute neue Mär;
der guten Mär bring ich so viel,
davon ich singen und sagen will."

Draußen schneite es immer mehr. Und Luther las singend und lächelnd weiter. Und ihm war, als habe er auf seinem Schoße, warm in die Arme gedrückt, einen Engel eingefangen.

GEFUNDEN IN EINEM ALTEN SCHULLESEBUCH

Es ist ein Ros entsprungen

Michael Praetorius/Friedrich Layritz (15. Jahrhundert)   volkstümlich

Es ist ein Ros ent-sprun-gen aus ei-ner___ Wur-zel zart,
wie uns die Al-ten sun-gen, von Jes-se___ kam die Art

und hat ein Blüm-lein bracht mit-ten im kal-ten Win-ter wohl zu der__ hal-ben Nacht.

Wenn es Winter wird

Der See hat eine Haut bekommen,

sodass man fast drauf gehen kann,

und kommt ein großer Fisch geschwommen,

so stößt er mit der Nase an.

Und nimmst du einen Kieselstein

und wirfst ihn drauf, so macht es klirr

und titscher – titscher – titscher – dirr …

Heißa, du lustiger Kieselstein!

Er zwitschert wie ein Vögelein

und tut als wie ein Schwälblein fliegen –

doch endlich bleibt mein Kieselstein

ganz weit, ganz weit auf dem See draußen liegen.

Da kommen die Fische haufenweis

und schaun durch das klare Fenster von Eis

und denken, der Stein wär etwas zum Essen;

doch so sehr sie die Nase ans Eis auch pressen,

das Eis ist zu dick, das Eis ist zu alt,

sie machen sich nur die Nasen kalt.

Aber bald, aber bald

werden wir selbst auf eignen Sohlen

hinausgehn können und den Stein wiederholen.

CHRISTIAN MORGENSTERN

Um Bethlehem ging ein kalter Wind,
Im Stall war das arme Christuskind.
Es lag auf zwei Büschel Grummetheu,
Ein Ochs und ein Esel standen dabei.
Die Hirten haben es schon gewisst,
Dass selbiges Kindlein der Heiland ist.
Denn auf dem Felde und bei der Nacht
Hat's ihnen ein Engel zugebracht.
Sie haben gebetet und sich gefreut,
Und einer sagte: Ihr lieben Leut',
Ich glaub's wohl, dass er bei Armen steht,
Schon weil's ihm selber so schlecht ergeht.

FRIEDRICH WILHELM WEBER (1813–1894)

Jetzt wird gebacken und gebraut

Mandeln, Honig, Kardamom, Zimt, Pfeffer, Vanille – das auch unter Siebengewürz bekannte Lebkuchengewürz wurde schon vor vielen Jahrhunderten zu lange haltbarem Backwerk verarbeitet, das die lange Weihnachtszeit unbeschadet überdauern konnte. Ein aufwendiger Vorgang war das Backen der Lebkuchen, lange musste der Teig gären, und ebenso lange sollten die Lebkuchen in einer Dose aufbewahrt werden. Längst haben die weitaus schneller zubereiteten Plätzchen ihnen in der häuslichen Bäckerei den Rang abgelaufen. Dennoch sind sie nicht aus der Vorweihnachtszeit wegzudenken, und so mancher Weihnachtsbäcker versucht sich an den traditionellen Leckerbissen.

Jede Familie hat ihre eigenen, lieb gewonnen Rezepte für Weihnachtsplätzchen, und das gemeinsame Backen ist ein ganz besonderer Leckerbissen im adventlichen Treiben. Wenn es draußen kalt und ungemütlich wird und drinnen die leckeren Düfte nach Plätzchen und Stollen durch das Haus ziehen, stellt sich spätestens auch beim Letzten die freudige Erwartung auf das große Fest ein.

Lebkuchen, Printen, Honigkuchen

Sie zählen zu den beliebtesten Spezialitäten der Weihnachtszeit: Lebkuchen, Printen, Honigkuchen, Pfefferkuchen. Bereits die alten Ägypter und Römer kannten kleine honiggetränkte Kuchen. Die heutigen Varianten haben sich allerdings erst seit dem Mittelalter entwickelt. Da Gewürze wie Zimt, Anis, Piment oder Nelken wichtiger Bestandteil der haltbaren Kuchen sind, hat sich besonders in Handelsstädten wie Aachen oder Nürnberg eine lange Lebkuchentradition entwickelt. Früher gab es Lebkuchen auch in der Fastenzeit und zu Ostern. Bäcker, die sich auf die Produktion von Lebkuchen spezialisiert haben, nennt man Lebzelter.

Lebkuchenrehe

FÜR DEN TEIG
250 g Honig oder Rübensirup
250 g brauner Zucker
100 g Butter
2 TL Zimt
1 TL gemahlene Nelken
1 TL gemahlener Kardamom
1 Prise geriebene Muskatnuss
abgeriebene Schale von
1 Zitrone
500 g Mehl
2 EL Kakaopulver
2 Eier
1 gehäufter TL Pottasche (aus der Apotheke)

FÜR DIE GLASUR
1 Eiweiß
150 g Puderzucker

■ Honig bzw. Sirup und Zucker in einem Topf mischen und erwärmen. Nach und nach Butter, Gewürze und Zitronenschale unterrühren, bis eine homogene Masse entstanden ist. Etwas abkühlen lassen.

■ Mehl und Kakaopulver zusammen in eine Schüssel sieben. Die abgekühlte Honigmasse nach und nach unterrühren und alles gut verkneten.

■ Die Eier in einer kleinen Schüssel verquirlen. Die Pottasche in etwas warmem Wasser auflösen.

■ Erst die Eier und dann die Pottasche unterkneten. Solange kneten, bis der Teig glatt ist, einen leichten Glanz hat und nicht mehr klebt. Mindestens über Nacht ruhen lassen.

■ Den Teig nochmals gut durchkneten und auf einer bemehlten Arbeitsfläche ca. 3 mm dick ausrollen. Rehe ausstechen und 2 Stunden ruhen lassen.

■ Den Ofen auf 180 °C vorheizen. Die Rehe auf ein mit Backpapier ausgelegtes Backblech setzen und auf der mittleren Schiene etwa 20 Minuten backen. Sie dürfen nicht zu dunkel werden, da sie sonst bitter werden.

■ Auf einem Rost auskühlen lassen. Für die Glasur den Puderzucker mit dem Eiweiß glatt rühren und die Rehe damit verzieren.

Plätzchen

Schon lange vor Weihnachten ziehen die unvergleichlichen Düfte der kleinen Köstlichkeiten, die im Ofen backen, durch die Räume. Manch einer übt sich in kunstvollen Kreationen und Verzierungen, andere lieben es eher schlicht und klassisch. Welche Plätzchen auch immer die liebsten sind, bereits das Backen ist ein wichtiger Teil der Vorweihnachtszeit.

Macarons

FÜR DIE MACARONS
190 g Puderzucker
110 g fein gemahlene Mandeln
20 g Kakaopulver
90 g Eiweiß (ca. 3 Eiweiß, genau wiegen)
1 Prise Salz
25 g Zucker

FÜR DIE FÜLLUNG
100 g Zartbitterschokolade
100 g Sahne

■ Für die Macarons Puderzucker, Mandeln und Kakaopulver in einer Schüssel mischen und zwei- bis dreimal sieben.

■ Die Eiweiße mit dem Salz zu einem schmierigen Schnee schlagen, dann nach und nach unter Rühren den Zucker einrieseln lassen. Wenn der Eischnee schnittfest ist, die Puderzucker-Mandel-Mischung vorsichtig unterheben, bis eine glänzende zähflüssige Masse entsteht.

■ Drei Backbleche mit Backpapier auslegen. Die Masse mit einem Spritzbeutel mit runder Tülle in regelmäßigen Kreisen (Ø ca. 3 cm) aufspritzen. Dabei darauf achten, dass keine Falten im Papier sind, da sonst die Macarons ungleichmäßig werden.

■ Die Macarons ca. 1 Stunde trocknen lassen. Den Backofen auf 140 °C vorheizen und alle drei Bleche ca. 15 Minuten bei Umluft backen.

■ Anschließend auskühlen lassen und vorsichtig vom Papier lösen. In eine gut verschließbare Box schichten und einen Tag ruhen lassen.

■ Für die Füllung die Zartbitterschokolade zusammen mit der Sahne im Wasserbad unter Rühren langsam schmelzen. So lange rühren, bis eine homogene Masse entstanden ist. Die Creme abkühlen lassen.

■ Wenn die Creme fast fest ist, in einen Spritzbeutel mit Lochtülle geben. Etwas Creme auf eine Macaronshälfte spritzen und eine zweite Boden an Boden leicht dagegen drücken.

Wenn Sie die Füllung mit Vollmilchschokolade machen, genügen 75 g Sahne, bei weißer Schokolade 50 g Sahne. Die Creme aus weißer Schokolade kann zudem mit fettlöslichen Lebensmittelfarben gefärbt werden.

Plätzchen

100 g Zucker
2 EL Vanillezucker, 30 g Butter
2–3 EL Honig, 125 g Sahne
100 g kandierte Früchte, z. B.
Orangeat, Zitronat
2 EL Rosinen, 2–3 EL Mehl
60 g gehackte Mandeln
60 g Mandelblättchen
150 g Zartbitterschokolade
1 TL Pflanzenöl

Florentiner

■ Den Zucker mit dem Vanillezucker, der Butter, Honig und Sahne in einen kleinen Topf geben und unter Rühren aufkochen lassen. Alles sollte sich gut lösen und leicht karamellisieren.

■ Die kandierten Früchte und die Rosinen hacken und mit dem Mehl zufügen. Gut verrühren, die Mandeln untermengen und den Topf von der Hitze nehmen.

■ Den Ofen auf 180 °C Umluft vorheizen. Mit zwei Löffeln etwa kirschgroße Häufchen mit ausreichend Abstand auf ein mit Backpapier ausgelegtes Backblech setzen.

■ Im Ofen 10 bis 12 Minuten goldbraun und knusprig backen und auf einem Kuchengitter ganz auskühlen lassen.

■ Zum Verzieren die Schokolade hacken und mit dem Öl im Wasserbad schmelzen. Die flüssige Glasur mit einem Pinsel oder Löffel auf die glatte Unterseite der Florentiner streichen und trocknen lassen.

80 g Ingwer
75 g Butter
190 g Zucker
1 Ei
abgeriebene Schale von
1/2 Zitrone
300 g Mehl
1 TL Backpulver
1 EL Kakao
1 EL Puderzucker

Schoko-Ingwer-Sterne

■ Den Ingwer schälen und fein reiben. Das Mehl mit dem Backpulver und dem Kakao mischen.

■ Butter, Zucker und Ei schaumig rühren, dann den Zitronenabrieb und den geriebenen Ingwer unterrühren.

■ Nach und nach das Mehlgemisch untermengen und zu einem glatten Teig verkneten. Den Teig zu einer Kugel formen und in Frischhaltefolie gewickelt 30 Minuten kalt stellen.

■ Den Backofen auf 180 °C vorheizen. Ein Backblech mit Backpapier belegen.

■ Den gekühlten Teig auf einer bemehlten Arbeitsfläche etwa 5 mm dick ausrollen, Sterne ausstechen und auf das Blech legen.

■ Die Ingwersterne im vorgeheizten Ofen ca. 8 Minuten backen. Anschließend etwas abkühlen lassen und mit Puderzucker bestäuben.

Kuchenmännchen

■ Für den Teig die Butter in einem Topf langsam schmelzen und wieder abkühlen lassen. In einer Schüssel die Eier mit dem Zucker schaumig schlagen und die zerlassene Butter Esslöffelweise unterrühren.

■ Das Mehl mit dem Backpulver und den Gewürzen mischen und ebenfalls unterrühren. Zum Schluss die kandierten Früchte klein würfeln und unter den Teig heben.

■ Den Ofen auf 180 °C vorheizen. Ein Backblech mit Backpapier auslegen und den Teig gleichmäßig darauf verteilen. Im vorgeheizten Ofen ca. 30 Minuten backen (Stäbchenprobe).

■ Nach dem Backen den Kuchen auf eine Arbeitsplatte stürzen und abkühlen lassen. Mit einem Messer die Kuchenmännchen aus der Teigplatte ausschneiden.

■ Für den Guss das Eiweiß mit dem Puderzucker glatt rühren. Die Kuchenmännchen damit bestreichen und mit Schokolinsen verzieren.

FÜR DEN TEIG
250 g Butter
6 Eier, 250 g Zucker
450 g Mehl
2 TL Backpulver
2 Msp. gem. Nelken
1 TL Zimt
3 Handvoll kandierte Früchte,
z. B. Orangeat, Zitronat

FÜR DEN GUSS
1 Eiweiß, 150 g Puderzucker
Schokolinsen zur Deko

Schneesterne

■ Für den Teig das Mehl mit dem Zimt mischen und auf die Arbeitsfläche sieben. In die Mitte eine Mulde drücken und die Eigelbe und den Zucker hineingeben.

■ Die Butter in Flocken auf dem Rand verteilen und alles zügig zu einem glatten Teig verarbeiten. Den Teig zu einer Kugel geformt in Frischhaltefolie wickeln und etwa 1 Stunde kalt stellen.

■ Den Backofen auf 180 °C vorheizen. Ein Backblech mit Backpapier belegen. Den Teig etwa 5 mm dick ausrollen, Eiskristalle ausstechen und auf das Blech legen. Etwa 15 Minuten backen, dann auskühlen lassen.

■ Für den Guss die Eiweiße mit dem Puderzucker verrühren. Etwa Dreiviertel des Gusses mit Lebensmittelfarbe einfärben und die Plätzchen damit bestreichen. Den restlichen Guss gut abdecken und kalt stellen.

■ Wenn der farbige Guss angetrocknet ist, den restlichen Guss nochmals durchrühren und in einen Gefrierbeutel geben. Mit der Schere eine kleine Ecke abschneiden und die Schneesterne verzieren.

FÜR DEN TEIG
500 g Mehl
1 TL Zimt
5 Eigelb
200 g Zucker
375 g Butter

FÜR DEN GUSS
2 Eiweiß, 300 g Puderzucker
Lebensmittelfarbe

Stollen, köstlich haltbar

FÜR DIE FÜLLUNG

150 g Rosinen

75 g Korinthen

50 g gehackte Mandeln

50 g fein gehacktes Zitronat

50 g fein gehacktes Orangeat

5 cl Rum

4 Tropfen Bittermandelöl

Mark von 1 Vanilleschote

FÜR DEN TEIG

1 Würfel Hefe

50 g Zucker

140 ml lauwarme Milch

300 g Mehl Type 550

50 g Marzipanrohmasse

2 Eier

125 g weiche Butter

1/2 TL Salz

200 g Mehl Type 405

1 TL Butter für das Blech

200 g flüssige Butter

125 g Puderzucker

■ Die Zutaten für die Füllung gut vermengen und zugedeckt über Nacht ziehen lassen.

■ Für den Teig die zerbröckelte Hefe mit dem Zucker und der Milch verrühren, bis sie sich aufgelöst hat. 200 g gesiebtes Mehl Type 550 hinzufügen und zu einem glatten Teig kneten.

■ Mit Mehl bestäuben und zugedeckt ca. 20 Minuten an einem warmen Ort gehen lassen, bis die Oberfläche des Teiges Risse zeigt.

■ Die eingelegten Früchte abtropfen lassen. Das Marzipan klein schneiden, mit den Eiern, der weichen Butter und dem Salz verrühren.

■ Die beiden restlichen Mehlsorten mit dem Vorteig mischen und mit der Marzipan-Eier-Creme gründlich zu einem glatten Teig verkneten.

■ Zuletzt die Früchte unterkneten. Mit Mehl bestäuben und zugedeckt 1 Stunde gehen lassen, bis sich sein Volumen in etwa verdoppelt hat.

■ Den Backofen auf 180 °C Ober- und Unterhitze vorheizen und das Blech mit Butter bestreichen.

■ Den Teig auf eine Größe von etwa 20 x 30 cm ausrollen und zu einem Stollen formen.

■ Den Stollen auf das vorbereitetet Backblech legen, leicht nachformen und zugedeckt nochmals etwa 20 Minuten ruhen lassen.

■ Dann im vorgeheizten Backofen ca. 60 Minuten backen. Nach jeweils 20 Minuten Backzeit den Stollen mit etwas flüssiger Butter einpinseln.

■ Den fertigen Stollen mit der restlichen flüssigen Butter bestreichen und auf einem Kuchengitter abkühlen lassen.

■ Dann mit der Hälfte des Puderzuckers bestäuben. In Alufolie einwickeln und über Nacht durchziehen lassen.

■ Vor dem Servieren auswickeln und dünn mit frischem Puderzucker bestäuben.

Einer der bekanntesten Stollen ist wohl der Dresdner Stollen. Doch er ist nicht der älteste Stollen, denn die erste urkundliche Erwähnung war bereits Anfang des 14. Jahrhunderts in Naumburg. In Dresden findet der Stollen sich erst 150 Jahre später in den Akten. Der Dresdner Stollen wurde 1997 auf Betreiben des Schutzverbandes Dresdner Stollen e. V. von der EU als geografisch geschützte Bezeichnung eingetragen.

Der Stollen zählt, wie auch der Lebkuchen, zu den Gebildebroten. Seine Form soll an das eingewickelte Christuskind erinnern. Neben dem Dresdner Stollen finden sich zahlreiche Varianten mit Nüssen, Mohn, Marzipan, Butter, Quark etc. Eine weitere Spezialität ist der Westfälische Stollen, für den nur heimische Nüsse und Trockenfrüchte verwendet werden.

Scharfe Schokolade

150 g weiße Schokolade
150 g weiße Kuvertüre
5 EL getrocknete rosa
Pfefferbeeren

Selbstgemachte Schokoladen mit den verschiedensten Geschmacks-
kombinationen sind seit einigen Jahren ein beliebtes Geschenk. Längst
werden die Köstlichkeiten nicht mehr nur in Fach- und Feinkostläden
oder über das Internet gekauft, sondern in den heimischen Küchen
selbst kreiert. Die einfachste Variante ist die Bruchschokolade, bei der
eine große Platte gegossen wird, die anschließend in kleinere Teile
gebrochen wird. In ein Tütchen gepackt und eine Schleife darum – und
schon hat man ein tolles Mitbringsel.

*Die Schokolade lässt sich auch
wunderbar mit weihnacht-
lichen Gewürzen aromatisie-
ren, auch beim Belag sind der
Fantasie keine Grenzen gesetzt.
Versuchen Sie mal gehackte
Nüsse, Trockenfrüchte oder
einfach Dekostreusel. Besonders Kinder haben ihren Spaß
am Verzieren.*

■ Die Kuvertüre und die Schokolade grob hacken und langsam im
Wasserbad schmelzen lassen.
■ Ein Tablett mit Backpapier auslegen. Die geschmolzene Schokolade
in einen Spritzbeutel füllen und gleichmäßige Kreise mit 3 bis 5 mm
Dicke auf das Backpapier spritzen. Die Oberflächen glatt streichen und
die Pfefferbeeren aufstreuen. Über Nacht kalt stellen.
■ Statt weißer Schokolade kann man auch Vollmilch- oder dunkle Scho-
kolade verwenden oder auch verschiedene Sorten ineinandergießen.

Advent-Lollies

Die beliebten Kuchen-Lollies sind ganz einfach herzustellen:
Kuchenreste zerbröseln, mit Frischkäse verkneten, Kugeln formen
und dekorieren. Dabei haben besonders Kinder großen Spaß!

Nougat-Lollies

500 g fertiger Schokokuchen (ohne Rand)
50 g Frischkäse
20 g zerlassene Butter
200 g Nougat
200 g Vollmilchkuvertüre
5 EL gehackte Haselnüsse
Cakepop-Stiele

▪ Den Kuchen in einer Schüssel fein zerbröseln. Das Nougat im Wasserbad schmelzen. Mit der zerlassenen Butter und dem Frischkäse verrühren.

▪ Die Mischung nach und nach mit den Kuchenbröseln zu einem glatten Teig verkneten, bis dieser gut formbar ist.

▪ Aus dem Teig Kugeln mit 2 bis 3 cm Durchmesser formen und für ca. 20 Minuten in den Tiefkühler stellen, damit sie fest werden.

▪ 50 g der Kuvertüre im Wasserbad schmelzen. Die Stiele etwa 1,5 cm tief in die Kuvertüre tauchen und eine Teigkugel aufstecken. Anschließend die Lollies nochmals 1 Stunde im Kühlschrank kalt stellen.

▪ Die restliche Kuvertüre grob hacken und im Wasserbad schmelzen, die Haselnüsse in eine flache Schüssel geben.

▪ Die Lollies in den Nüssen rollen und mit Kuvertüre überziehen. Gut abtropfen lassen und zum Trocknen in ein Glas stellen oder in eine Styroporplatte stecken.

Lebkuchen-Lollies

500 g Rührkuchen mit Lebkuchengewürz (ohne Rand)
150 g Frischkäse
25 g zerlassene Butter
200 g Zartbitterkuvertüre
1 EL fein gehacktes Orangeat
Cakepop-Stiele

▪ Die zerlassene Butter mit dem Frischkäse glatt rühren. Den Rührkuchen in eine Schüssel bröseln und nach und nach mit dem Frischkäse-Butter-Gemisch verkneten, bis der Teig gut formbar ist.

▪ Wie oben beschrieben die Kugeln vorbereiten und auf die Spieße stecken.

▪ Die restliche Kuvertüre grob hacken und im Wasserbad schmelzen. Die Lollies mit der Schokolade überziehen und gut abtropfen lassen. Anschließend mit Orangeat bestreuen und wie oben beschrieben trocknen lassen.

Die einfachste Version: Aus einer Scheibe Rührkuchen eine Form ausstechen, mit Kuvertüre am Stiel befestigen und dann überziehen.

Alleskönner Anis

Anis ist eine alte Heil- und Gewürzpflanze aus dem südöstlichen Mittelmeerraum und Asien. Als sie im Mittelalter zu uns kam, wurde sie schnell fester Bestandteil zahlreicher Gewürzmischungen. Bereits die alten Kreter würzten Wein und Kuchen mit Anis. Auch der römische Dichter Vergil berichtet von Aniskeksen. Heute wird bei uns meist der ertragreichere Sternanis verwendet, der zwar mit dem echten Anis nicht verwandt ist, sich jedoch geschmacklich kaum unterscheidet.

Apfelgelee mit Sternanis und Chili

FÜR 4 GLÄSER À 250 ML
900 ml Apfelsaft
500 g Gelierzucker 2:1
Saft 1/2 Zitrone
1 TL gemahlener Anis
4 kleine Chilischoten
4 Sternanis

■ Apfel- und Zitronensaft mit dem Anis verrühren und zusammen mit den Chilischoten und den Sternanisen einmal aufkochen. Mit den Gewürzen über Nacht ziehen lassen.

■ Die Gewürze herausnehmen und auf die Gläser verteilen. Den Ansatz mit dem Gelierzucker verrühren, aufkochen und 4 Minuten sprudelnd kochen lassen. Anschließend auf die Gläser verteilen, verschließen und auf den Kopf stellen. Während des Abkühlens die Gläser ab und zu drehen, damit die Gewürze in der Mitte bleiben.

Anisplätzchen mit Rosinen

150 g weiche Butter
100 g Puderzucker
1 Eigelb
1 TL abgeriebene Zitronen-schale
1/2 TL gemahlener Anis
250 g Mehl
2 EL Rosinen

■ Butter und Puderzucker mit dem Eigelb schaumig schlagen. Dann die restlichen Zutaten zügig unterkneten, sodass ein glatter Teig entsteht. 30 Minuten kühl ruhen lassen.

■ Den Ofen auf 175 °C vorheizen. Die Rosinen zerkleinern und unter den Teig kneten. Den Teig auf bemehlter Arbeitsfläche etwa 3 mm dick ausrollen, ausstechen und auf ein mit Backpapier ausgelegtes Blech legen.

■ Die Plätzchen auf mittlerer Schiene etwa 10 Minuten backen, dann auskühlen lassen. Solange sie noch warm sind, sind sie sehr mürbe.

Anismakronen

2 Eiweiß
100 g Zucker
1 Msp. abgriebene Zitronen-schale
1 TL gemahlener Anis

■ Die Eiweiß in einen Rührbecher geben und steif schlagen. Den Zucker langsam einrühren, anschließend die Zitronenschale und den Anis.

■ Den Ofen auf 100 °C vorheizen. Die Masse in einen Spritzbeutel geben und kleine Häufchen auf ein mit Backpapier ausgelegtes Blech spritzen.

■ Im vorgeheizten Ofen etwa 1 1/2 Std. auf mittlerer Schiene backen. Auskühlen lassen.

Bratapfel und Punsch

Kinder kommt und ratet, / was im Ofen bratet.
Hört, wies knallt und zischt / bald wird er aufgetischt.

Jeder kennt dieses Kindergedicht und hat sofort den heimeligen Duft des Bratapfels in der Nase. Woher er kommt, ist nicht bekannt. Im Laufe der Zeit haben sich unzählige Varianten der Füllung mit Trockenfrüchten, Gewürzen, Nüssen, Marzipan, mit und ohne Alkohol etc. entwickelt.

Bratapfel

2 EL getrocknete Kirschen
150 g Marzipanrohmasse
2 EL gehackte Mandeln
1/2 TL Zimt
4 mittelgroße Äpfel
1/2 Zitrone
200 ml Apfelsaft
1 Stange Zimt
75 g Butter
1 EL Zucker

■ Für die Füllung die Kirschen halbieren und mit der Marzipanrohmasse, den Mandeln und dem Zimt verkneten. In vier Teile teilen.
■ Den Ofen auf 175 °C vorheizen. Die Äpfel schälen und sofort mit Zitronensaft abreiben. Einen großzügigen Deckel abschneiden und das Kerngehäuse entfernen. In jeden Apfel ein Viertel der Füllung drücken und den Deckel aufsetzen.
■ Die Äpfel in eine flache Auflaufformstellen und den Apfelsaft angießen. Die Zimtstange zufügen und die Butter in Flocken auf den Äpfeln verteilen. Zucker darüberstreuen und alles im vorgeheizten Ofen ca. 40 Minuten garen, bis die Äpfel weich sind.
■ Je nach Geschmack mit Vanillesoße oder Eis servieren. Wenn keine Kinder mitessen, kann der Apfelsaft auch durch Cidre ersetzt werden.

Punsch

Das Wort Punsch kommt von dem Hindiwort für fünf, denn ursprünglich bestand dieses Heißgetränk aus den fünf Zutaten Arrak, Zucker, Zitronen und Tee oder Wasser mit Gewürzen. Heute existieren zahllose Varianten mit und ohne Alkohol. Besonders in Österreich ist der Punsch neben Jagertee und Glühwein ein beliebtes Weihnachtsmarktgetränk.

3/4 l Wasser
10 Beutel Früchtetee
1/2 l Orangensaft
1/4 l Apfelsaft
4 Nelken
2 Stangen Zimt

■ Das Wasser aufkochen und die Teebeutel damit überbrühen. Etwa 10 Minuten ziehen lassen.
■ Früchtetee, Orangensaft und Apfelsaft in einen ausreichend großen Topf gießen und die Gewürze zufügen. Einmal aufkochen und anschließend bei kleiner Hitze ca. 1 Stunde ziehen lassen, aber nicht mehr kochen.
■ Wer ihn „mit Schuss" mag, nimmt Rum oder Calvados.

Wer jetzt bastelt, macht sich Freunde

Neben dem alljährlichen gemeinsamen Backen erlebt auch das Basteln eine Renaissance. Besonders selbst gebunde und verzierte Adventskränze sind ein schöner Schmuck für das ganze Haus. Dabei gibt es unzählige Möglichkeiten und Materialien, sodass immer wieder anders dekoriert werden kann. Auch das Basteln von kleinen Mitbringseln und Geschenken hat lange Tradition und ist viel persönlicher als das Gekaufte. Man macht sich mehr Gedanken um den Beschenkten und zeigt ihm auch seine Wertschätzung.

Nicht zuletzt kann man bei der Verpackung der Geschenke seiner Kreativität freien Lauf lassen. Auch Bastelmuffel können dabei zur Höchstform auflaufen, wenn sie einmal herausgefunden haben, dass es mit den richtigen Hilfsmitteln gar nicht so schwer ist.

Auch im Winter grünt es

Einige Pflanzen bringen auch im eher farblosen Winter etwas Grün in den Alltag. Aus Efeu, Moos, Stechpalme & Co. lassen sich auch in der Vorweihnachtszeit leicht schöne Dekorationen für innen und außen basteln. Dabei muss es nicht immer der klassische Adventskranz sein.

Moose

1 Styroporkugel, Ø 10 cm
getrocknete Moosplatten
dünner Blumendraht
2–3 kleine Weihnachtskugeln
Zange
Schleifenband

Moose lassen sich ganz einfach zu effektvollen Dekorationen verarbeiten. Das Moos sollte trocken und möglichst von Erde befreit sein. Eine schöne Dekoration für den festlichen Tisch ist eine Mooskugel.

■ Das Moos Stück für Stück auf die Styroporkugel legen und mit dem Blumendraht umwickeln.
■ Bei der zweiten Schicht die Weihnachtskugeln auf den Draht fädeln und an gewünschter Stelle beim Umwickeln platzieren.
■ Das Drahtende abknipsen und sorgfältig im Moos verstecken. Will man die Kugel später aufhängen, kann man aus dem Drahtende eine kleine Schlaufe formen, durch die dann ein Band gezogen wird.
■ Zum Schluss die Schleife um die Mooskugel binden.
■ Statt Moos können Sie auch Thujen- oder Koniferenzweige nehmen.

Misteln

einige Zweige Buchsbaum,
Konifere und Mistel
etwas Blumendraht
1 weiße Stumpenkerze
4–5 Dekosterne aus Rinde
1 Dekoteller, Ø ca. 25 cm
Schere, Zange

Den Misteln wurden bereits in der keltischen Mythologie große Kräfte zugeschrieben. Die immergrüne Pflanze mit den kleinen weißen Beeren wird auch gerne mit Gold oder Silber besprüht in der vorweihnachtlichen Dekoration eingesetzt.

■ Die Zweige mit der Schere auf ca. 10 cm Länge kürzen.
■ Aus Koniferen- und Buchsbaumzweigen mit dem Blumendraht einen lockeren Kranz binden, der innen genug Platz für die Kerze lässt. Die Mistelzweige anschließend dazwischen stecken.
■ Den Kranz auf dem Teller platzieren und die Kerze in die Mitte setzen.
■ Die Rindensterne auf dem Kranz verteilen, dabei darauf achten, dass sie nicht zu dicht an der Kerze liegen.

Dekoschale

1 Dekoschale
Steckschaum
4-5 Rosen
einige Zweige Konifere und
Rebhuhnbeere
Moosplatte
evtl. etwas Blumendraht
1 Kerzenhalter zum Stecken
2 Efeuranken
Tannenzapfen
1 rote Stumpenkerze
Messer, Zange, Schere

■ Den Steckschaum mit dem Messer auf Größe der Schale zuschneiden. Die Rosenstiele mit der Schere auf ca. 5 cm kürzen.

■ Die Koniferenzweige auf 20 bis 25 cm Länge kürzen und auf den unteren 4 cm die Seitentriebe entfernen. Die Zweige der Rebhuhnbeere auf 10 bis 15 cm kürzen und ebenfalls die unteren 4 cm von Trieben und Blättern befreien.

■ Den Steckschaum in der Schale platzieren und mit der Moosplatte bedecken. Eventuell leicht mit Blumendraht fixieren.

■ Die Rosen und Zweige in der gewünschten Anordnung durch das Moos in den Steckschaum stecken und den Kerzenhalter so platzieren, dass die Kerzenflamme keine Zweige erreicht.

■ Die Efeuranken locker außen herum winden und die Tannenzapfen auf dem Gesteck verteilen.

■ Zum Schluss die Kerze aufstecken.

Christrose

Die immergrüne Christrose wird auch Schnee- oder Weihnachtsrose genannt, denn je nach Lage und Schneemenge beginnt sie bereits im November zu blühen. Die Blütezeit reicht auch gerne bis in den Mai hinein.

1 schmales Schraubglas ohne
Deckel
50 g dickes Baumwollgarn in
Weiß
Stricknadeln Stärke 5
Stopfnadel
weißer Bindfaden

■ Zunächst den Umfang und die Höhe des Glases ausmessen. Entsprechend viele Maschen anschlagen und anschließend so lange kraus rechts stricken, bis das Stück ca. 3 cm länger als das Glas ist. Locker abketten.

■ Mit einem Wollrest die Längsseiten bis etwas über der Hälfte des Glases zusammennähen. Den Faden vernähen und abschneiden.

■ Das Glas hineinsetzen und den Überzug mit dem Bindfaden knapp unterhalb des Schraubrandes festbinden.

Plätzchen als Geschenke verpackt

Butterbrottüte
Rot-weiße Dekokordel
5–6 Aniskekse (Rezept s. S. 42)
2 Sternanise

Plätzchen und Minikuchen sind beliebte Mitbringsel zum Adventskaffee. Schön verpackt sagen sie dem Gastgeber zusätzlich „Danke schön für die Einladung". Mit einfachen Mitteln wird so aus dem kleinen Beitrag zum Kaffeetisch ein effektvolles Gastgeschenk.

Tütenglück

■ Die Aniskekse von Seite 42 einfach in rechteckiger Form backen, so lassen sie sich leichter verpacken.

■ Die Tüte kann vor dem Befüllen mit Filzstiften beschriftet und Masking Tape oder Aufklebern verziert werden.

■ 5 bis 6 Kekse zusammen mit 2 Sternanisen in eine Tüte füllen. Die Öffnung zweimal umschlagen und das Paket mit der Kordel verschnüren.

■ Legt man sie bereits auf den Tisch, kann die Tüte einfach oben mittig bis etwa zu Hälfte mit der Schere aufgeschnitten werden. Dann ein Stück Kordel darumbinden und die Ecken umschlagen.

Schachtelzauber

■ Auf den Karton mittig ein Rechteck von ca. 7 x 12 cm aufzeichnen. An allen Seiten 4 cm breite Seitenteile anzeichnen.

■ Um die Seitenteile zusammenkleben zu können, noch 3 cm breite Laschen an die jeweils rechte schmale Kante der Seitenteile anzeichnen.

■ Das gesamte Schnittmuster ausschneiden und die Seitenteile und Laschen umknicken. Die Laschen jeweils außen auf das angrenzende Seitenteil kleben.

■ Aus dem Kuchen von Seite 36 kleine rechteckige Minikuchen von ca. 5 x 10 cm schneiden.

■ Wenn der Kleber getrocknet ist, die Serviette einlegen und den Minikuchen reinstellen.

1 weißer Karton, DIN A4
Kleber
Minikuchen
(Rezept Muffinmann, s. S. 36)
1 kleine Serviette

Lebkuchenhaus

Bekannt aus dem Märchen „Hänsel und Gretel" der Brüder Grimm ist das Lebkuchenhaus fester Bestandteil der Weihnachtsbäckerei geworden. Besonders Kinder haben großen Spaß am Verzieren und können sich dabei so richtig austoben. Der Fantasie sind dabei keine Grenzen gesetzt. Zur Dekoration eignen sich neben Mandelhälften, die man am besten schon vor dem Backen leicht in den Teig drückt, alle möglichen Süßigkeiten von Schokolinsen, Perlen, Streuseln oder Bonbons bis hin zu Marshmallows und Gummibärchen.

1 Lebkuchenteig (Rezept Lebkuchenrehe, s. S. 32)
2 Eiweiß
300 g Puderzucker
Süßigkeiten zur Dekoration wie Zuckerplätzchen, Dekoperlen, Bonbons, Marshmallows etc.

■ Den Lebkuchenteig am Vortag vorbereiten und über Nacht ruhen lassen.

■ Nochmals durchkneten und zu einer ca. 1 cm dicken Platte ausrollen. Aus der Platte Vorder- und Rückseite, Seitenwände und Dachplatten schneiden.

■ Aus den Resten können noch Teile für einen Schornstein oder eine Sitzbank etc. geschnitten werden. Dafür den Teig evtl. etwas dünner rollen.

■ Die Einzelteile auf ein mit Backpapier belegtes Backblech legen. Aus dem Vorderteil eine Tür schneiden, die separat mitgebacken wird. Je nach Geschmack nun auch noch Fenster ausschneiden.

■ Die Lebkuchenplatten backen und auskühlen lassen.

■ Für die Verzierung die Eiweiße mit dem Puderzucker glatt rühren. Die Glasur in einen Gefrierbeutel füllen und eine kleine Ecke abschneiden.

■ Mit der Glasur wie mit Kleber die Seitenteile zusammenbauen. Als Bauunterlage kann ein mit Alufolie umwickelter dicker Karton oder ein Holzbrett dienen.

■ Anschließend das Haus mit der restlichen Glasur und den Süßigkeiten nach Herzenslust dekorieren. Die Glasur dient dabei wieder als Kleber, um die Süßigkeiten zu befestigen.

Kerzenglück

Wenn die Tage grauer werden und es draußen früh dunkel wird, verbreiten Kerzen eine gemütliche Stimmung. Mit Windlichtgläsern, Weihnachtskugeln und winterlichen Accessoires lassen sich ganz schnell stimmungsvolle Dekorationen für drinnen und draußen zaubern.

Verschneites Kerzentablett

1 Holztablett mit Rand
Weihnachtskugeln in verschiedenen Farben und Größen
Schneespray
verschiedene Teelichtgläser
Teelichter

■ Die Weihnachtskugeln dekorativ auf dem Tablett verteilen, dabei Platz für die Teelichtgläser lassen. Bei geraden Teelichtgläsern kann man diese auch umgedreht an ihren Platz stellen.
■ Das Tablett auf eine mit Zeitungspapier abgedeckte Arbeitsfläche stellen und alles mit dem Schneespray besprühen.
■ Dann die Teelichtgläser platzieren und die Teelichter einsetzen.

Filzmanschette für Teelichtgläser

gerades Teelichtglas
Bastelfilz, 3 mm stark
Ausstechform Stern, mind.
1 cm kleiner als Glashöhe
Filzstift
Cutter, Schneideunterlage
Stickgarn in Gold
Sticknadel mit Spitze

■ Höhe und Umfang des Glases abmessen und aus dem Filz einen entsprechenden Streifen schneiden.
■ Die Ausstechform mittig auf dem Streifen platzieren, dabei darauf achten, dass oben und unten mindestens 5 mm Platz sind. Mit dem Filzstift die Form nachfahren und mit dem Cutter ausschneiden.
■ Mit dem Stickgarn die beiden Schmalseiten mit gleichmäßigen Querstichen zusammennähen. Wer mag, kann auch noch die Ober- und Unterkante mit Schrägstichen einfassen. Zum Schluss die Manschette über das Glas schieben und das Teelicht einsetzen.

Orangen-Nuss-Kerze

1 Vase, ca. 10 x 10 x 15 cm
ganze Haselnüsse und Walnüsse
4 getrocknete Orangenscheiben
1 Stumpenkerze
Sternanise

■ Die Vase bis etwa zur Hälfte mit den Nüssen füllen. Etwas rütteln, damit die Nüsse gut liegen
■ An jeder Seite eine Orangenscheibe zwischen Füllung und Glas schieben. Die Kerze in die Mitte platzieren und etwas in die Füllung drücken, sodass sie gerade steht.
■ Noch weitere Nüsse einfüllen, sodass die Vase etwa zu zwei Dritteln gefüllt ist und die Kerze gut fixiert ist. Zum Schluss ein paar Sternanise darauf verteilen.

Kranz im Glück

Der erste Adventskranz wurde 1839 vom evangelisch-lutherischen Theologen Johann Hinrich Wichern gebastelt. Er hatte 20 rote und vier weiße Kerzen und sollte Waisenkindern die Wartezeit auf Weihnachten verkürzen. Nach und nach verbreitete sich der Brauch, etwa 100 Jahre später übernahmen ihn auch katholische Gemeinden. Im Laufe der Jahre wurde der Kranz kleiner und hatte nur noch vier Kerzen. Die altbairisch-österreichische Tradition kennt in ländlichen Gegenden auch heute noch einen Vorläufer: das Paradeisl, eine Dreieckspyramide aus vier Äpfeln, die mit geschnitzten Stöcken verbunden werden.

Hängender Adventskranz

1 Weidenkranz
4 Kerzenhalter
getrocknete Zapfen und Zweige
mit Beeren
10 m Seil oder dicke Kordel in
Silber
Zieräpfel, Nylonfaden
4 rote Stumpenkerzen
Heißklebepistole

■ Die Kerzenhalter symmetrisch auf dem Weidenkranz platzieren und befestigen. Dabei darauf achten, dass die Kerzen später gerade stehen, damit sie nicht heruntertropfen.

■ Mit der Heißklebepistole Zapfen und Zweige zwischen den Kerzenhaltern festkleben.

■ Für die Aufhängung das Seil in 2,5 m lange Stücke teilen. Ein Stück Seil doppelt legen, die Schlaufe zwischen zwei Kerzenhaltern unter dem Kranz durchziehen und die Enden durch die Schlaufe ziehen. Die anderen drei Seile in den anderen Zwischenräumen befestigen.

■ Alle Seilenden zusammenfassen und mit ca. 50 cm Abstand mittig über dem Kranz zusammenknoten. Dabei darauf achten, dass der Kranz gerade hängt.

■ Den Kranz aufhängen. Die Zieräpfel mit Hilfe des Nylonfadens am Kranz befestigen. Zuletzt die Kerzen aufstecken.

Adventskranz aus roten Baumkugeln

1 Styroporkranz, Ø 30 cm
breites Dekoband aus Stoff
2 Reißzwecken
4 Kerzenhalter für Kränze
4 Stumpenkerzen in Rot
kleine Weihnachtskugeln in
verschiedenen Rottönen

■ Zunächst den Adventskranz komplett mit dem Dekoband umwickeln. Die Enden des Bandes mit je einer Reißzwecke fixieren. Dann die Kerzenhalter am Kranz befestigen und die Kerzen aufstecken.

■ Von den Kugeln die Aufhänger samt Fassung abziehen. Die Kugeln seitlich mit etwas Heißkleber bestreichen und so auf den Kranz kleben, dass die Öffnung zur Kranzmitte zeigt. Den Kranz dicht mit Kugeln bekleben.

Zapfenkranz

■ Der Zapfenkranz wird ähnlich wie der Kugelkranz gefertigt. Einen Styroporhalbring mit Stoffband umwickeln und die Enden des Bandes mit etwas Heißkleber fixieren.

■ Die Zapfen mit Heißkleber auf den bezogenen Halbring kleben. Dabei die Richtung der Zapfen variieren.

■ Sind die Zapfen weitestgehend geschlossen, kann man sie auch statt auf den Stroporhalbring direkt aneinanderkleben.

■ Zum Schluss oben in der Mitte noch eine dekorative Schleife befestigen, an der der Kranz aufgehängt werden kann.

Nusskranz

■ Auch bei diesem Kranz werden die Nüsse mit Heißkleber auf einen mit Stoffband umwickelten Styroporhalbring geklebt. Zum Bekleben eignen sich ungeschälte Mandeln und Haselnüsse.

■ Zum Schluss können noch geöffnete Bucheckern in die Lücken geklebt werden, in deren Mitte eine kleine rote Holzperle kommt. Mit einem dekorativen Stoffband lässt sich der Kranz auch ganz einfach an die Tür hängen.

Buchskranz mit Kerzen

einige Zweige Buchsbaum
Schere
dünner Blumendraht
Holzring für 8 Kerzen
8 rote Baumkerzen
kleine rote Weihnachtskugeln
ein paar Zimtstangen und
Maronen

■ Die Buchsbaumzweige auf ca. 15 cm Länge schneiden und mit dem Blumendraht zu einem lockeren Kranz binden, der etwa denselben Durchmesser wie der Holzring hat.

■ Den Kranz auf den Holzring legen und mit dem Blumendraht fixieren, dabei darauf achten, dass die Einstecklöcher für die Kerzen nicht ganz verdeckt werden und der Kranz noch einen guten Stand hat.

■ Die Kerzen in den Kranz stecken und die Kugeln, Zimtstangen und Maronen dekorativ zwischen die Zweige stecken.

Adventskalender

Der Adventskalender ist seit dem 19. Jahrhundert fester Bestandteil der Vorweihnachtszeit. Besonders Kinder freuen sich auf die 24 kleinen Geschenke und Überraschungen, die täglich auf Entdeckung warten. Sie verkürzen die Wartezeit und zeigen die verbleibenden Tage bis Weihnachten an.

ca. 20 stofffähnliche Servietten in Weiß, 40 x 40 cm
24 kleine Überraschungen
dicker Filzstift/Marker in Rot
Nähmaschine
Nähgarn in Rot
dünne rote Kordel
Stopfnadel
Weidenbesen
Baumanhänger, z. B. Schnee-kristalle aus Holz, kleine Geschenke oder Filzsterne

■ Die einzelnen Säckchen werden aus jeweils zwei gleich großen Stücken zusammen genäht. Die Größe der Serviettenstücke sollte so gewählt werden, dass die jeweilige Füllung ausreichend Platz darin findet und das Säckchen auch noch mit der Maschine genäht werden kann.
■ Für jede Überraschung je zwei entsprechend große Teile aus den Servietten schneiden. Die Reihenfolge der Geschenke festlegen und auf jeweils ein Serviettenstück mit dem Marker die entsprechende Zahl schreiben.
■ Die Füllung zwischen die Serviettenteile legen und mit der Nähmschine und rotem Nähgarn rundum zunähen. Man kann entweder eine komplette Naht machen oder jede Seite einzeln absteppen und dabei immer ein paar Stiche über den Rand hinaus nähen.
■ Bei jedem Säckchen in einer oberen Ecke ein ausreichend langes Stück dünne Kordel mit der Stopfnadel durchziehen und die Enden miteinander verknoten.
■ An einen Teil der Baumanhänger ebenfalls unterschiedlich lange Kordelstücke binden. Zum Schluss die Päckchen und die Baumanhänger in den umgedrehten Weidenbesen hängen. Dabei darauf achten, dass die Päckchen schön durchgemischt sind.

Für diesen Adventskalender eignen sich stofffähnliche Papierservietten, z. B. aus Airlaid, besonders gut, er kann aber auch mit anderen Papiersorten gefertigt werden. Wenn Sie Papier nähen, achten Sie auf eine lange Stichlänge, damit das Material nicht zu sehr perforiert wird und dann reißt.

Jetzt ist endlich Weihnachten

Die Feiertage stehen vor der Tür.
Die Einkäufe sind gemacht
und alle Geschenke sind eingepackt.
Es kann besinnlich werden.

Ihr Kinder, sperrt die Näschen auf, es riecht nach Weihnachtstorten;
Knecht Ruprecht steht am Himmelsherd und backt die feinsten Sorten.
PAULA DEHMEL

Geschichten und Geschichtliches zur Weihnachtszeit

Zu keiner anderen Zeit im Jahr werden immer wieder neue Geschichten geschrieben, aber auch alt Überliefertes neu rezitiert. Das Thema Weihnachten kommt auch literarisch nicht aus der Mode. Daneben gibt es so vieles aus Brauchtum und Tradition, das sich lohnt, wieder einmal auf seine Ursprünge hin erkundet zu werden. Woher kommen all die Sitten und Bräuche? Sehen wir sie noch im alten und damit christlichen Kontext oder hat Weihnachten längst eine weltverbindende Stellung bekommen, die für kurze Zeit die Welt ruhen und atmen lässt? Oder ist es reiner Kommerz, der rastlos und maßlos macht? Es ist gar nicht so einfach, sein „eigenes" Weihnachten zu definieren. Was lebt man den Kindern vor, wie ändert man seine Gewohnheiten? Soll man Weihnachten als Party feiern oder als kleines Familienidyll, oder eben tatsächlich draußen auf den Friedhöfen – einem schönen alten Brauch folgend, die Toten in die Festlichkeit einzubeziehen? Die Regeln sind locker geworden, an der magischen Aura des Festes hat sich nichts geändert.

Brad Schmidt und das fehlende Geschenk

Es war einmal ein nicht mehr ganz junger Mann, sagen wir mal so knapp über Mitte 30, der alles kannte, nur keine Selbstzweifel. Da er aber wusste, dass es – vor allem bei den Frauen – gut ankommt, sich selbst gelegentlich infrage zu stellen, täuschte er zuweilen vor, ein an den großen Menschheitsfragen – Woher kommen wir? Wohin gehen wir? Wer wird deutscher Meister? – verzweifelnder Softie zu sein, der nicht mehr weiß, ob das, was er tut, auch das Richtige sei. Aber nach jeder Prüfung seiner selbst, kam er immer wieder zu dem Schluss, dass er ein ganz toller Hecht sein muss – so perfekt, wie er war. Blendend aussehend, hyperintelligent, voller Witz und Esprit. Kurzum, der nicht mehr ganz so junge Mann hielt sich im Kern für eine Mischung aus Brad Pitt, Sir Ralf Dahrendorf und Harald Schmidt. Und der Einfachheit halber soll er im Folgenden daher auch Sir Brad Schmidt genannt werden oder noch besser: nur Brad Schmidt. Wer braucht heute noch Adel?

Nun kam aber der 16. Dezember, und Brad Schmidt stürzte in eine Krise. Entsetzt musste er, der sonst immer alles wusste – und dabei auch noch gut aussah –, an diesem Tag feststellen, dass es nur noch acht Tage bis Weihnachen waren und er noch nicht den blassesten Schimmer hatte, was er seiner Freundin schenken sollte. „Oh Gott, oh Gott", dachte sich da Brad Schmidt. Warum muss gerade mir das passieren? Wo ich doch so schlau bin. Und so kreativ. Und dabei auch noch so gut aussehe. Drehen vielleicht meine Gene durch? Bin ich jetzt nicht mehr Brad Schmidt, sondern Ralf Pitt? Seh' so aus wie Dahrendorf und bin so schlau wie Brad?

Brad Schmidt war so verzweifelt, dass er nicht mehr wusste, was er tat, und ohne Sinn und Ziel sein Altpapier durchstöberte. Und siehe, da erschien ihm die Fachzeitschrift „Wirtschaftswoche" in ihrer Ausgabe vom 30. November. „Fürchte Dich nicht", sagte die Wirtschaftswoche. „Denn es gibt jetzt Geschenke im Internet. Unter www.youSmile.de findest Du die richtige Idee." Wie froh und glücklich der Brad da plötzlich war. Froh, dass irgendjemand die „Wiwo" in seiner Yuppiebude vergessen hatte. Und glücklich, dass er, wenn er schon keine eigene Idee hatte, bald eine fremde finden würde, die sich wunderbar als eigene verschenken ließe. „Ach", sagte sich Brad Schmidt. „Wie gut, dass es doch das Internet gibt. Gäbe es es nicht, ich müsste es erfinden."

Also setzte sich Brad Schmidt an seinen Computer und klickte sich auf die Seite, die ihn lächeln ließ: www.youSmile.de. Dort erschien alsbald das Ersehnte: ein „Ideenfinder". Hier musste Brad zunächst ausfüllen, wer beschenkt werden soll, wie alt die zu Beschenkende ist, zu welchem Anlass geschenkt wird und wie viel er denn so auszugeben gedenke. Doch da kam Brad nun schon ins Trudeln. Wie hatte seine Freundin doch noch gesagt. „Ach Schatz, eigentlich ist es mir ja egal, was du mir schenkst. Hauptsache, es ist teuer und ein Brillant." Die Kategorie „0–50 Mark" fiel also schon mal flach. Obwohl sich dahinter so schöne Sachen wie das Mousepad „Culto" mit den schwimmenden Herzen für 24,90 Mark verbarg oder der Fotorahmen „Hugo Trio" für 39,90 Mark. Auch die zweite Kategorie (50–100 Mark) schien Brad Schmidt nicht angemessen, hatte er seine Freundin doch erst kürzlich, zu ihrem Geburtstag, mit jenem Duschvorhang mit dem idyllischen Alte-Frau-mit-Messer-in-der-Hand-Motiv aus „Psycho" überrascht, der nun für 79 Mark im Internet angeboten wurde. Na ja, ehrlich gesagt, kam das Geschenk damals schon nicht richtig an. Und auch zu Weihnachten dürfte die Begeisterung darüber begrenzt sein. Zwei Duschvorhänge machen halt noch keinen Brillanten.

Aber ein Brillant war für Brad einfach nicht drin. Sein Chef, der alte Knicksack, hatte ihm erst unlängst die wohlverdiente Gehaltserhöhung mit einem wenig stichhaltigen, dafür umso charmanteren Argument verweigert: „Seien Sie doch froh, dass Sie bei uns arbeiten dürfen." Tja, und so blieb nun Brad Schmidt nichts anderes übrig, als in der Kategorie „100–200 Mark" auf die „Suche starten"-Taste zu klicken. Doch bevor die Geschenke auf seinem Bildschirm erschienen, musste er noch schnell einige Angaben über den „Charaktertyp" der zu Beschenkenden machen. Ob sie denn Dinge analysieren und logische Zusammenhänge erkennen könne. „Na ja", dachte sich Brad. „Sie ist ja zwar eine Frau, aber immerhin meine Freundin. Also geb' ich ihr mal drei Punkte." Fünf waren möglich. Ob sie gerne redet und ein kommunikativer Typ sei? „Kann man auch sechs Punkte vergeben?", fragte sich Brad. Ob sie es liebe, die Zukunft zu entdecken? „Es sollte ihr reichen, mich zu entdecken." Zwei Punkte. Ob sie unvorhergesehene Situationen meide. „Ja bin ich denn ihr Freund oder ihr Psychiater?" Ein Punkt.

Und dann klickte Brad Schmidt wieder auf die Suchtaste. Was für eine Vielfalt! Brad Schmidt konnte sich gar nicht entscheiden, was er denn nun für seine Liebste zum Fest der Liebe ordern sollte. Den innovativen Tischkalender mit integrierter Uhr für 189 Mark? Oder die todschicke Filztasche in Lila für 20 Mark weniger? Oder vielleicht doch lieber das Socken-Geschenk-Abo für 119 Mark. Nach langem Hin und Her, neuem Nachdenken und alten Zweifeln, entschied sich Brad schließlich für das, was alles andere wie Geschenke für den Muttertag erscheinen ließ, für die Wäscheserie „Toledo" von Teleno, Dessous mit spanischem Temperament – und das für gerade mal 108 Mark!

„Toledo", hieß es in der Anzeige, die Brad so voll überzeugte, sei wie gemacht für temperamentvolle Frauen: eine raffinierte Wäscheserie aus elastischem, besticktem Tüll in Schwarzweiß. Der BH habe blickdicht gefütterte Cups. Slip und String-Tanga seien aus Mikrofaser und mit reichlich Tüll verziert. „Wow", dachte da Brad Schmidt. „Das ist es."

Und dann kam Weihnachten. Morgens schmückte Brad den Baum, mittags ging er mit seiner Freundin spazieren, am frühen Abend gingen beide gemeinsam in die Kirche und danach nach Hause. Sie wollten alleine sein, Brad Schmidt und seine Freundin, romantische Weihnachten zu zweit feiern. Erst hörten sie Weihnachtslieder, gesungen von Frank Sinatra, dann aßen sie Weihnachtsgans, zubereitet von Brad Schmidt, dann gab es die Weihnachtsbescherung, heiß erwartet von seiner Freundin. Und wenn sie nicht gestorben sind, dann leben sie glücklich und zufrieden – bis sie das Geschenk ausgepackt hat.

Peter Dausend

Von Gold, Stroh, Sternen, Glocken und Kerzen

Ein ganz besonderer Stoff

Das Jesuskind war in den ersten Tagen darauf gebettet. Es diente als Futter für Ochs und Esel und wärmte zur Feuerstelle aufgeschichtet die Hirten, die das Wunder von Bethlehem als erste entdeckten. Stroh, gold glänzend und mit dem Duft des vergangenen Sommers behaftet, wurde schon früh als Material für Weihnachtsschmuck verwendet. Ob als Strohstern oder Einstreu in die Krippe, als Girlande oder als Flechtkugel. Leicht, biegsam und „kinderleicht" zu verwenden, ist Stroh der ideale Werkstoff für winterliche Bastelarbeiten. Die getrockneten Ähren stehen symbolisch für Armut und Kargheit, aber auch für Nahrung und Wärme, Vorrat und Nützlichkeit. Im Licht der Kerzen erstrahlt die Wärme der Sonne wieder, die aus schlichten Getreidestängeln den Grundstoff für Nahrung, Dämmstoff, Baumaterial, Liegestätten, Futter, Körbe, Hüte, Taschen und schließlich Schmuck geformt hat. Jeder kleinste Strohstern ist ein Botschafter dieses vielseitigen Stoffs, der uns seit vielen Tausend Jahren ein treuer Begleiter ist und an Weihnachten noch ein wenig goldener glänzt.

Licht und Glocken

Als man im 4. Jahrhundert den 24. Dezember zum Weihnachtstag erwählte, waren vermutlich auch Glocken daran beteiligt, die genaue Datierung bekannter zu machen. Denn im Christentum wurde Glockengeläut eingesetzt, um den Tag zu ordnen und natürlich die Gebetszeiten anzukündigen. Zudem sollte Glockengeläut die Verbindung zwischen Himmel und Erde herstellen, sozusagen als akustisches Band. Dass Weihnachten relativ zeitgleich mit der Sonnenwende fällt, ist kein Zufall, schließlich ging es doch um nichts weniger als um das Erscheinen einer Lichtgestalt. Die Glocken waren der Sound dazu. Und wenn man ehrlich ist, von Glockenläuten bleibt niemand unberührt. Schall und Ton sind immer feierlich. Kein Wunder, dass auch zum heimischen Fest ein Glöckchen geläutete wird, wenn's ans Bescheren geht. Glocken verkünden Beginn, Ende und Ankunft und rufen Gläubige zum Gebet. Neben ihrer stark christlichen Kraft, vermitteln sie Größe und Ehrfurcht, Gefühle, denen sich jeder einfach einmal hingeben sollte, um danach die Stille um so stärker zu spüren.

CHRISTINE PAXMANN

Perfekte Weihnacht

Wenn ich ehrlich bin, ich hätte es mir nicht besser ausdenken können, als es dann in Wirklichkeit gekommen ist. Ich hatte pünktlich einen Tag vor Weihnachten, am letzten Schultag, meine Einmal-im-Jahr-Wintergrippe bekommen und die Nacht zum 24. war lustig durchbrochen von Nasentropfen, Fiebermessen, Wadenwickeln und Tee-kochen. Mama war restlos fertig am Morgen und sah aus wie die blasse Ente in unserem Eisschrank. Irgendwie hatte sie auch noch schrecklich viel zu erledigen und verließ nach dem Frühstück mit unendlich vielen Körben und einem vier Meter langen Einkaufszettel das Haus. Mich hatte sie auf dem Sofa im Wohnzimmer zurückgelassen, mit einem wahn-sinnig dicken Schal und einer ebensolchen Nase, dem Handy, den Fernbedienungen für das Radio, den DVD-Player und den Fernseher. Papa sollte sich um den Weihnachtsbaum kümmern.

Ich hatte mich gerade durch alle Kinderprogramme gezappt, wo lauter Erwachsene rumhüpften, als müssten sie aufs Klo vor lauter Aufregung wegen Weihnachten, da kam Papa mit dem Baum herein. Der war artig in ein Tannennetz verschnürt und sah sehr dünn aus. Das sagte ich Papa, der daraufhin rot anlief und meinte, er hätte dafür 60 Euro aus-gegeben, und es sei ein Prachtbaum. Er schälte ihn aus dem Netz, worauf der Baum mit einem entzückten Rascheln auseinander sprang, sich zu seiner ganzen Höhe aufrichtet und mit der schnalzenden Spitze ein irres Loch in die Decke riss. Unsere Räume sind 2,80 Meter hoch, der Baum maß 3,50 Meter, das konnte nicht gut gehen. Papa besah sich die Mörtelbatzen am Boden und holte den Handfeger, die Säge und eine Tube Gips. Als er die Mörtelbatzen weggefegt hatte, widmete er sich der Spitze.

Habe ich schon gesagt, dass mein Vater kein Handwerker ist? Der Prachtbaum hatte auch Prachtholz und hielt einer einfachen Handsäge durchaus stand. Papa rief unseren Nachbarn, Herrn Knochenschneider, der seinem Namen alle Ehre macht, denn er ist Chi-rurg. Als der Papas lumpige Handsäge sah, holte er gleich seinen Turboseitenschneider, und gemeinsam haben sie dann den Baum operiert. Dabei hat sich Vater so in den Fuß geschnitten, dass Herr Knochenschneider auch noch einen Verbandskasten organisieren musste. Aufgeregt kam Frau Knochenschneider mit, um sich zu mir aufs Sofa zu setzen und vor Mitleid zu zerfließen. Mittlerweile war es Mittag, und mir war nach was Essbarem. Papa schien völlig überfordert mit der Situation an sich, weshalb ich den Pizzaservice anrief und für alle Pizza mit allem bestellte.

Inzwischen hatte sich Papa vom Hausmeister Drago eine Leiter bringen lassen, denn das Loch in der Decke würde für Mama ein Anlass zu „wir kriegen einen Anfall" werden.

Um die Stimmung ein bisschen zu lockern, hatte ich via Fernbedienung das Radio angeschaltet und nun scheppterte andauernd „Feliz Navidad" und „Rudolph the Red-Nosed Reindeer" durch unser belebtes Wohnzimmer.

Herr und Frau Knochenschneider hielten die Leiter, Drago rührte in Mamas Teigschüssel den Mörtel an, und Papa balancierte auf der obersten Sprosse der Leiter und besah sich eingehend den Riss in der Decke, als wollte er ihn klein reden. Er versuchte gerade, mit einem Tortenheber in den Gips zu langen, als es klingelte und Drago samt Schüssel zur Tür lief und nun mit dem Jungen vom Pizzaservice zurückkam, der hinter dem Turm von Pappschachteln nur zu erahnen war. Als der die Bescherung sah, legte er sofort seine wattierte Jacke ab und outete sich als Maurer. Das mit dem Pizzaservice machte er nur seinem Bruder zuliebe und auch nur wegen Weihnachten, das hier wäre eh seine letzte Fuhre und man sollte ihn mal machen lassen. Papa hinkte von der Leiter und überließ dem Jungen nur zu gern die Gipserei, während wir uns alle die Pizzaecken schmecken ließen.

Papa hatte gerade seine Pappschachtel mit der fettigen Seite aufs Sofa gestellt, als Dragos Frau mit einem Backblech voll dampfendem slowenischen Weihnachtsgebäck hereinkam. Der Pizzajunge, der Sanchez hieß und eigentlich aus Venezuela kam, schlamperte schnell den Riss zu (denn für Weihnachtsgebäck hätte er sein Leben gegeben), eilte von der Leiter und nahm Frau Drago das Blech ab.

In unserem Wohnzimmer sah es aus wie in einer Bahnhofshalle beim Streik der Lokführer. Papa versuchte die Fettflecken im Sofa zu verreiben, Herr und Frau Knochenschneider hatten sich über unsere DVD-Sammlung hergemacht und Drago und Sanchez diskutierten über die optimale Gebäckrezeptur, als meine gute Mama, beladen wie ein indischer Überlandbus, im Wohnzimmer aufkreuzte.

Man muss sich das so vorstellen. Der Baum lag halb ausgepackt immer noch auf der Seite, die abgesägte Spitze hatte irgendein Witzbold in eine Famaflasche gesteckt, während der Gips in der Teigschüssel schnell trocknete. Fünf fettige Pizzaschachteln lagen verstreut am Boden, und Dragos Leiter versperrte den Weg. Zugegeben, wir haben Mama erst nach ein paar Minuten bemerkt, aber ist das ein Grund so auszuflippen? Mit einem „Das kann doch nicht wahr sein" warf sie auch noch ihre Körbe, Tüten und Taschen in das Chaos und verschwand im Bad.

Wir waren natürlich ziemlich betreten, aber irgendwie haben alle supervernünftig reagiert. Niemand ist hinter Mama her, um sie zu besänftigen, niemand hat die Flucht ergriffen oder nun hektisch angefangen, den Verhau aufzuräumen. Nein, Sanchez war Papa beim Aufstellen und Schmücken des Baums behilflich, während Frau Drago und Frau Knochenschneider der Ente in den Ofen geholfen haben. Drago ist mit der Leiter und den Pappschachteln in den Hof runter und Herr Knochenschneider hat seinen Bernhardinerhund geholt, der schon seit einer halben Stunde dauergebellt hatte. Mir ging es tausendmal besser als am Morgen, und ich hab mit viel Liebe acht fast saubere Teller zusammengesucht und den Esstisch gedeckt, auf dem ich Mamis großes Seidentuch von Fuzzi gelegt habe.

Eine Stunde später konnten wir meiner verheulten Mutter ein prächtiges Weihnachtsessen präsentieren. Und ich bin sicher, dass ihre Tränen schon kurze Zeit später Freudentränen waren, als sie unseren Superbaum gesehen hat, an den wir mit Verbandsmull die DVD-Schachteln befestigt hatten.

Die Christbaumspitze haben wir in die Schüssel mit dem Gips gesteckt und mit den Zuckerkringeln von Frau Drago behängt. Und Mamis Tüten lagen wie Geschenke unter den Baum. Ich hab mich vorsichtshalber auf den Fettfleck am Sofa gesetzt. Mama war sichtlich hin und weg, und als Knochenschneiders Bernhardiner mit einer gebratenen Entenkeule im Maul hereinkam, musste Mama auch richtig lachen. Sanchez hat dann doch noch einmal Pizzas für alle holen müssen und Knochenschneiders haben vier Flaschen Schampus beigesteuert.

Ich hab mich nur geärgert, dass das Eis für den Nachtisch in einer der Einkaufstüten unter dem Baum war und dann im Laufe des Abends einen cremigen See gebildet hat. Es wäre sonst auch zu perfekt gewesen!

CLAIRE SINGER

Der erste Umweltschützer der Welt

… Da lag er im Stroh. Die Mutter so froh. Sagt Vater Unserm den Dank.
Und Ochs und Esel und Pferd und Hund standen fromm dabei.
Aber die Katze sprang auf die Streu und wärmte zur Nacht das Kind. –
Davon die Katzen noch heutigen Tags Maria die liebsten Tiere sind.

So dichtete Klabund (1890–1928) der Krippe doch noch drei weitere Tiere an. Denn frei nach dem Lukasevangelium waren nur Ochs und Esel die Begleiter des kleinen Jesuskinds. Mit den lebenden Bildern des Franz von Assisi kamen um 1200 Ochs und Esel als Hauptdarsteller ins Spiel. Maria und Josef folgten erst später, hingegen die Heiligen Drei Könige kann man bereits seit dem 5. Jahrhundert auf Mosaiken in Ravenna bewundern.

Ein Narr, ein Heiliger, ein Visionär

Man muss sich Italien und die Zeit, in der Franz von Assisi (1181–1226) gelebt hat, als Region und Epoche großer Umwälzungen vorstellen. Aus der mittelalterlichen Bauerngesellschaft erwuchs das städtische Bürgertum. Gebildet, recht wohlhabend, mobil und nicht in solch straffen Konventionen verhaftet wie der Adel oder der Klerus, suchten viele nach neuen Leitideen. Einem Tuchhändlerssohn wie Franz standen alle Möglichkeiten offen: Kaufmann, Soldat oder sogar Kirchenkarriere. Doch Franz war orientierungslos, lebte wenig bescheiden, nahm an Kriegen teil, bis eine Krankheit und eine Vision ihm die Richtung wiesen. Bedürfnislosigkeit, reine Bibellehre und Einsamkeit wurden seine Maximen. Vielleicht war es die Folge der Askese, dass Franz so sensibel seiner Umwelt gegenüber wurde? Exotisch und weltfremd kam der in Lumpen gekleidete Mann seinen Mitmenschen vor. Tieren und der Natur zu dienen, war damals kein Gut, das man allzu hoch hängte. Doch mit seiner gelebten Naturverehrung und seinen sichtbaren Sympathien für wilde Tiere warb er sich in die Herzen seiner immer größeren Fangemeinde und faszinierte auch all jene, die dem Sonderling skeptisch gegenüberstanden. Vielleicht lag es seiner sanften Bestimmtheit, dass ihm Vögel, Wölfe, aber eben auch Menschen folgten? Als er in einer Höhle die Geburtsszene Christi mit einem lebenden Ochsen und einem Esel nachstellte, war dieser „liveact" für die schreib- und leseunkundigen Menschen der damaligen Zeit eine Offenbarung. Nur zwei Jahre nach seinem Tod wurde Franz von Assisi heilig gesprochen. Bis heute sagt man ihm die Erfindung der Weihnachtskrippe nach, obwohl er weder Jesuskind noch Maria und Josef auftreten ließ. Aber eben das ist doch der Reiz an Legendenbildung, dass man als Urheber eines Erfolgskonzepts einen Sympathieträger möchte. Franz von Assisi fasziniert fast 1000 Jahre später immer noch. Und sein Respekt vor der Schöpfung ist moderner denn je.

CHRISTINE PAXMANN

Anbetung der Hirten

Um Bethlehem ging ein kalter Wind, im Stall war das arme Christuskind.
Es lag auf zwei Büschel Grummetheu, ein Ochs und ein Esel standen dabei.
Die Hirten haben es schon gewisst, dass selbiges Kindlein der Heiland ist.
Denn auf dem Felde und bei der Nacht hat's ihnen ein Engel zugebracht.
Sie haben gebetet und sich gefreut, und einer sagte: Ihr lieben Leut',
Ich glaub's wohl, dass er bei Armen steht, schon weil's ihm selber so schlecht ergeht.

FRIEDRICH WILHELM WEBER

Maria Theresias Verbot und der Krippenboom

Mit Franz von Assisi hat es wohl im Jahre 1223 angefangen. Das szenische Darstellen der Weihnachtsgeschichte, wie es im Lukasevangelium erwähnt wird, im Übrigen die einzige Stelle, wo tatsächlich ein Futtertrog als Bettstatt für das neugeborene Jesuskindlein genannt wird. Ein Zeichen für die Hirten und ein Zeichen dafür, dass Jesus eben nicht hochwohlgeboren war, sondern aus einfachen Verhältnissen stammte. Franz von Assisi hat zum Darstellen lebende Tiere genommen, wohl weil sie ihm ganz besonders am Herzen lagen und er so das Wort Gottes für die einfache Bevölkerung besser darstellen konnte. In etwa zeitgleich ist die figürliche Darstellung der Krippe in Hocheppan bei Bozen. Die Reformation bremste eine Zunahme der szenischen Krippendarstellungen zunächst, doch das Konzil von Trient (1545–1563) bestärkte Jesuiten, Franziskaner und Serviten darin, biblische Inhalte begreifbarer zu machen. Schließlich wurde 1562 von den Jesuiten in Prag die erste Weihnachtskrippe aufgestellt. Auch die Passionsgeschichte zu Ostern bekam figürliche Unterstützung. Bald folgten Weihnachtskrippen, 1606 in München und 1615 in Salzburg – die Städte lieferten sich geradezu einen Wettstreit, wer die schönste Krippe zeigte. Krippenschnitzen wurde zu einem Erwerbszweig für ganze Landstriche, besonders im Alpenraum, andere Krippen wurden aus Ton gefertigt. Lag das Jesuskindlein zunächst noch nackt in seinem Stroh, umwickelte man es im Barock reich mit Seide. Frauenklöster steuerten Fatschenkindlein bei, die man auch zukünftigen Nonnen bei ihrem Gelübde überließ, sozusagen als Kindersatz. Schließlich nahm das Zurschaustellen von Krippen solche Ausmaße an, dass Kaiserin Maria Theresia (1717–1780) ein Krippenverbot erließ. Doch die Menschen ließen sich ihre Krippen nicht verbieten. Sie schufen sich die biblische Geburtsszene selbst fürs Wohnzimmer. Bezahlbare Schnitzfiguren wurden gesammelt, und die Krippe jedes Jahr um ein Figürchen angereichert. Ob prachtvoll in Seide gewandet oder als reine Holzschnitzerei, war eine Frage des Geschmacks und des Geldbeutels.

Große Krippenstunde in Italien

Gleichzeitig boomten im 18. Jahrhundert die Krippen in Neapel. Denn der spanischen Bourbonenherrschaft gefielen die der Commedia dell'arte nachempfunden biblischen Szenen so gut, dass die jährliche Aufstellung der königlichen Krippe zum Festtag geriet. Die Privathaushalte kopierten die Leidenschaft und wurden für besonders originelle Krippen vom König belohnt. Dadurch entstanden viele familiäre Manufakturen, einige wurden so berühmt, dass ihre kleinen Kunstwerke bis heute hohen Sammlerwert haben.

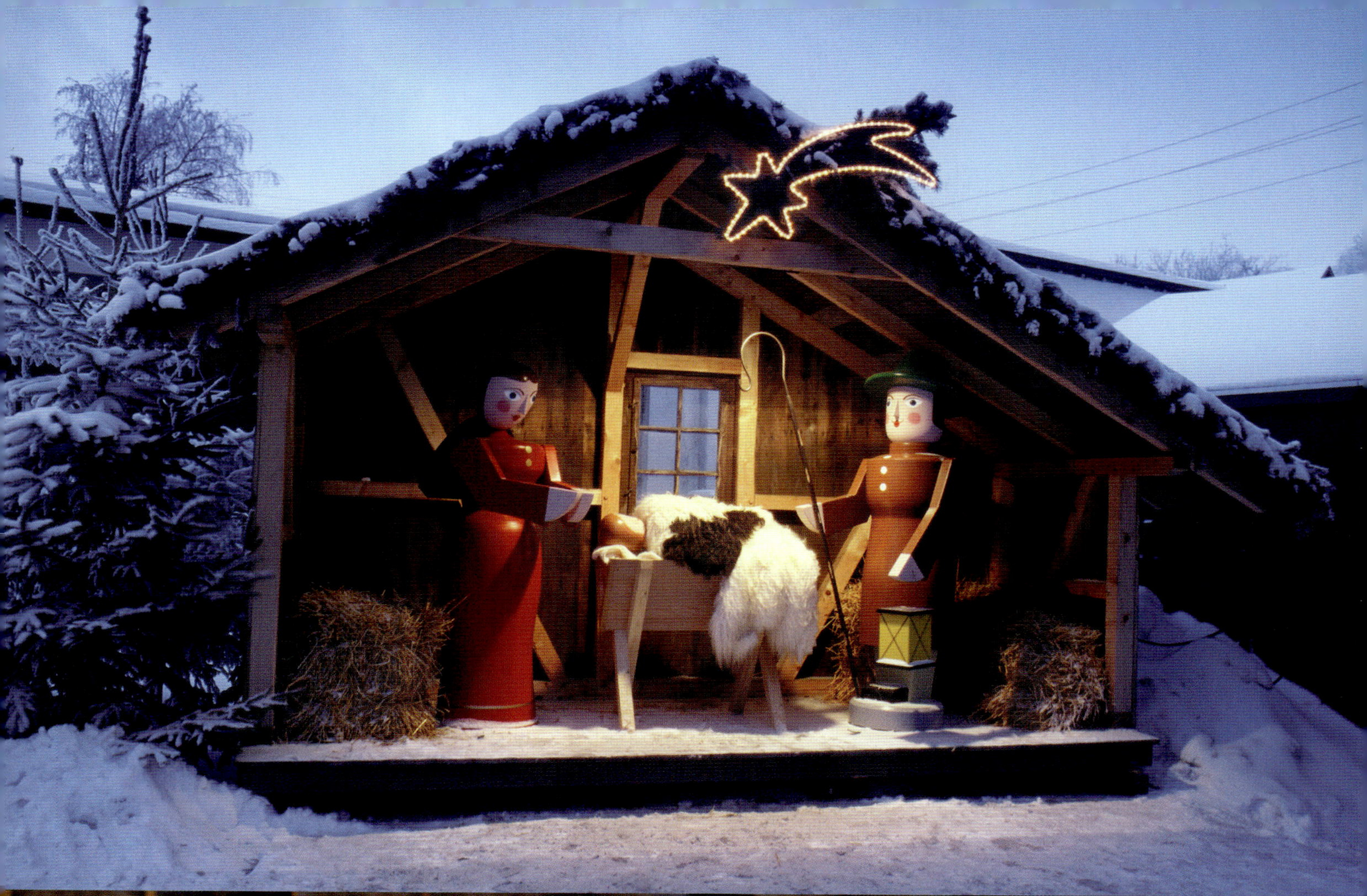

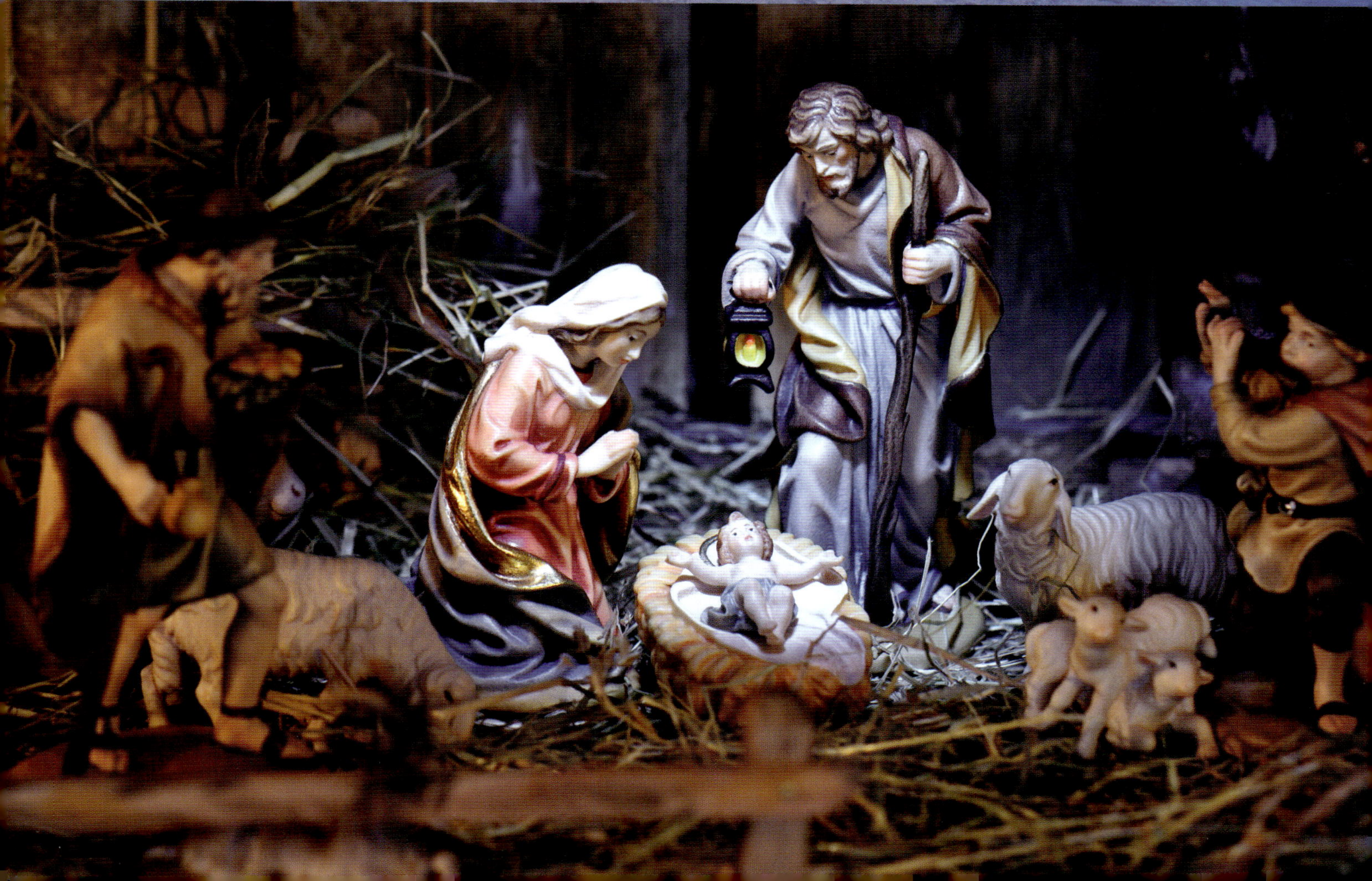

Eine alpine Kunst

Ein Dominikanerpater war es dann, der den pädagogischen Wert der Krippen herausstellte, denn auch Analphabeten konnten so den Inhalten gut folgen. Trotz Maria Theresias Verbot entstanden im ganzen Alpenraum Schnitzzünfte, die sich mit Krippenfiguren befassen. Oberammergau, Südtirol, Allgäu, bis heute finden sich hier Schnitzzentren. Heimatkrippen werden sie dann oft genannt, wenn auch das Ambiente alpenländisch ist. Orientalische Krippen stammen meist aus Neapel, wo allerdings auch frugale Marktszenen aus dem Herzen italienischer Städte ihren Platz haben.

Familientradition

Bis zum 19. Jahrhundert war das Aufstellen einer Familienkrippe ein fester Bestandteil des Weihnachtszeremoniells. Adolf Kolping animierte seine oft vor Heimweh kranken jungen Arbeiter, sich Krippenfiguren zu schnitzen – diese Stücke sind heute rare Sammlerpreziosen, die in Museen stehen. Mit dem 20. Jahrhundert geriet die Krippe in Vergessenheit. Erst eine Rückkehr zu alten Werten brachte der Krippe wieder einen Nischenplatz im Wohnzimmer. Heute gibt es auch moderne Figuren, oder man sammelt eben antike Stücke. Bis zu 800 Euro kann ein gut restauriertes Figürchen kosten. Krippen sind eben wertvoller Familienbesitz.

Die Heilige Familie zu Gast

Eingewickelt in zarte Seidenpapiere, verstaut in Kästen und Schubladen, wartet die Heilige Familie in vielen Haushalten auf ihren alljährlichen Auftritt. Und nicht nur sie, auch die ganze biblische Landschaft rund um Bethlehem, struppige Palmen, der Stall und Sträucher liegen bereit. Natürlich alles im Miniformat, aus Holz, Wachs oder Plastik, selbst gebastelt oder in Generationen zusammengesammelt. Jedes Jahr wieder ist das Aufstellen der Krippe ein Ereignis, das bereits Tage vor Weihnachten eine besondere Stimmung erzeugt. In vielen Familien gibt es feste Regeln, wer wohin gehört, in welcher Reihenfolge die Heiligen Drei Könige herbeieilen, ob Ochs und Esel rechts oder links vom Stall postiert werden. Aber eines ist wohl fast überall gleich: Wenn alles steht, jedes Schäflein, jeder Hirte seinen Platz gefunden hat und Maria und Josef gütig über der Krippe wachen, wird das Jesuskindlein hineingelegt. Jetzt kann Weihnachten kommen.

CHRISTINE PAXMANN

Ein Weihnachtsengel

Mit den Tannenbäumen begann es: Eines Morgens, noch ehe Ferien waren, hafteten an den Straßenecken die grünen Siegel, die die Stadt wie ein großes Weihnachtspaket an hundert Ecken und Kanten zu sichern schienen. Dann barsten sie eines schönen Tages dennoch und Spielzeug, Nüsse, Stroh und Baumschmuck quollen aus ihrem Innern: der Weihnachtsmarkt. Mit ihnen aber quoll noch etwas anderes hervor. Die Armut. Wie nämlich Äpfel und Nüsse mit ein wenig Schaum gold neben dem Marzipan sich auf dem Weihnachtsteller zeigen durften, so auch die armen Leute mit Lametta und bunten Kerze in den besseren Vierteln. Die Reichen aber schickten ihre Kinder vor, um denen der Armen wollene Schäfchen abzukaufen oder Almosen auszuteilen, die sie selbst vor Scham nicht über ihre Hände brachten.

Inzwischen stand bereits auf der Veranda der Baum, den meine Mutter insgeheim gekauft und über die Hintertreppe in die Wohnung hatte bringen lassen. Und wunderbarer als alles, was das Kerzenlicht ihm gab, war, wie das nahe Fest in seine Zweige mit jedem Tag dichter sich verspann. In den Höfen begannen die Leierkästen die letzte Frist mit Chorälen zu dehnen. Endlich war sie dennoch verstrichen und einer jener Tage wieder da, an deren frühesten ich mich hier erinnere. In meinem Zimmer wartete ich, bis es sechs werden wollte. Kein Fest des späteren Lebens kennt diese Stunde, die wie ein Pfeil im Herzen des Tages zittert. Es war schon dunkel, trotzdem entzündete ich nicht die Lampe, um den Blick nicht von den dunklen Fenstern überm Hof zu wenden, hinter denen nun die ersten Kerzen zu sehen waren. Es war von allen Augenblicken, die das Dasein des Weihnachtsbaumes hat, der heimlichste, in dem er Nadeln und Geäst dem Dunkel opferte, um nichts zu sein als nur ein unnahbares und doch nahes Sternbild im trüben Fenster einer Hinterwohnung. Doch wie ein solches Sternbild hin und wieder eins der verlassenen Fenster begnadete, indessen viele weiter dunkel blieben und andere, noch trauriger, im Gaslicht der frühen Abende verkümmerten, schien mir, dass diese weihnachtlichen Fenster die Einsamkeit, das Alter und das Darben – all das, wovon die armen Leute schwiegen – in sich fassten. Dann fiel mir wieder die Bescherung ein, die meine Eltern eben rüsteten. Kaum aber hatte ich so schweren Herzens, wie nur die Nähe eines sicheren Glücks es macht, mich von dem Fenster abgewandt, so spürte ich eine fremde Gegenwart im Raum. Es war nichts als ein Wind, sodass die Worte, die sich auf meinen Lippen bildeten, wie Falten waren, die ein träges Segel plötzlich vor einer frischen Brise wirft. „Alle Jahre wieder kommt das Christuskind auf die Erde nieder, wo wir Menschen sind" – mit diesen Worten hatte sich der Engel, der in ihnen begonnen hatte, sich zu bilden, auch verflüchtigt.

Doch nicht mehr lange blieb ich im leeren Zimmer. Man rief mich in das gegenüberliegende, in dem der Baum nun in die Glorie eingegangen war, welche ihn mir entfremdete, bis er, des Untersatzes beraubt, im Schnee verschüttet oder im Regen glänzend, das Fest da endete, wo es ein Leierkasten begonnen hatte.

WALTER BENJAMIN

Unser erster Christbaum

Es waren die ersten Weihnachtsferien meiner Studentenzeit. Wochenlang hatte ich schon die Tage, endlich die Stunden gezählt bis zum Morgen der Heimfahrt von Graz ins Alpel. Und als der Tag kam, da stürmte und stöberte es, dass mein Eisenbahnzug stecken blieb. Da stieg ich aus und ging zu Fuß, frisch und lustig, sechs Stunden lang durch das Tal, wo der Frost mir Nase und Ohren abschnitt, dass ich sie gar nicht mehr spürte. Durch den Bergwald hinauf, wo mir so warm wurde, dass die Ohren auf einmal wieder da waren und heißer als je im Sommer.

So kam ich, als es schon dämmerte, glücklich hinauf, wo das alte Haus, schimmernd durch Gestöber und Nebel, wie ein verschwommener Fleck stand, einsam mitten in der Schneewüste. Als ich eintrat, wie war die Stube so klein und niedrig und dunkel und warm – urheimlich. In den Stadthäusern verliert man ja allen Maßstab für ein Waldbauernhaus. Aber man findet sich gleich hinein, wenn die Mutter den Ankömmling ohne alle Umstände so grüßt: „Na, weil d'nur da bist!"

Auf dem offenen Steinherd prasselte das Feuer, in der guten Stube wurde eine Kerze angezündet. „Mutter, nit!", wehrte ich ab. „Tut lieber das Spanlicht anzünden, das ist schöner."

Sie tat's aber nicht. Das Kienspanlicht ist für die Werktage. Weil nach langer Abwesenheit der Sohn heimkam, war für die Mutter Feiertag geworden. Darum die festliche Kerze.

Als die Augen sich an das Halblicht gewöhnt hatten, sah ich auch das Nickerl, das achtjährige Brüderlein. Es war das jüngste und letzte. „Ausschauen tust gut!", lobte die Mutter meine vom Gestöber geröteten Wangen. Der kleine Niekerl aber sah blass aus. „Du hast ja die Stadtfarb' statt meiner!", sagte ich und habe gelacht.

Die Sache war so. Der Kleine tat husten, den halben Winter schon. Und da war eine alte Hausmagd, die sagte es täglich wenigstens dreimal, dass für ein „hustendes Leut" nichts schlechter sei als „der kalte Luft". Sie verbot es, dass der Kleine hinaus vor die Türe ging. Ich glaube, deshalb war er so blass, und nicht des Hustens halber.

In der dem Christfest vorhergehenden Nacht schlief ich wenig – etwas Seltenes in jenen Jahren. Die Mutter hatte mir auf dem Herde ein Bett gemacht mit der Weisung, die Beine nicht zu weit auszustrecken, sonst kämen sie in die Feuergrube, wo die Kohlen glosten. Die glosenden Kohlen waren gemütlich, das knisterte in der stillfinsteren Nacht so hübsch und warf manchmal einen leichten Glutschein an die Wand, wo in einem Gestelle die bunt bemalten Schüsseln lehnten. Da war ein Anliegen, über das ich schlüssig werden musste in dieser Nacht, ehe die Mutter an den Herd trat, um die Morgensuppe zu kochen. Ich hatte viel sprechen gehört davon, wie man in den Städten Weihnacht feiert. Da sollen sie ein Fichtenbäumchen, ein wirkliches kleines Bäumlein aus dem Wald, auf den Tisch stellen, an seinen Zweigen Kerzlein befestigen, sie anzünden, darunter sogar Geschenke für die Kinder hinlegen und sagen, das Christkind hätte es gebracht.

Nun hatte ich vor, meinem kleinen Bruder, dem Nickerl, einen Christbaum zu errichten. Aber alles im Geheimen, das gehört dazu. Nachdem es soweit taglicht geworden war, ging ich in den frostigen

Nebel hinaus. Und just dieser Nebel schützte mich vor den Blicken der ums Haus herum arbeitenden Leute, als ich vom Walde her mit einem Fichtenwipfelchen gegen die Wagenhütte lief.

Dann ward es Abend. Die Gesindleute waren noch in den Ställen beschäftigt oder in den Kammern, wo sie sich nach der Sitte des Heiligen Abends die Köpfe wuschen und ihr Festgewand herrichteten. Die Mutter in der Küche buk die Christtagskrapfen, und der Vater mit dem kleinen Nickerl besegnete den Hof. Hatte nämlich der Vater in einem Gefäß glühende Kohlen, hatte auf dieselben Weihrauch gestreut und ging damit durch alle Räume des Hofes, um sie zu beräuchern und dabei schweigend zu beten. Es sollten böse Geister vertrieben und gute ins Haus gesegnet werden.

Derweilen also die Leute draußen zu tun hatten, bereitete ich in der großen Stube den Christbaum. Das Bäumchen, das im Scheite stak, stellte ich auf den Tisch. Dann schnitt ich vom Wachsstock zehn oder zwölf Kerzchen und klebte sie an die Ästlein. Unterhalb, am Fuße des Bäumchens, legte ich einen Wecken hin. Da hörte ich über der Stube auf dem Dachboden auch schon Tritte – langsame und trippelnde. Sie waren schon da und segneten den Bodenraum. Bald würden sie in der Stube sein, mit der wir den Rauchgang zu beschließen pflegten.

Ich zündete die Kerzen an und versteckte mich hinter dem Ofen. Die Tür ging auf, sie traten herein mit ihren Weihgefäßen und standen still.

„Was ist denn das?", sagte der Vater mit leiser, langgezogener Stimme.

Der Kleine starrte sprachlos drein. In seinen großen, runden Augen spiegelten sich wie Sternlein die Christbaumlichter. – Der Vater schritt langsam zur Küchentür und flüsterte hinaus: „Mutter, Mutter! Komm ein wenig herein." Und als sie da war: „Mutter, hast du das gemacht?"

„Maria und Josef!", hauchte die Mutter: „Was habens denn da auf den Tisch getan?" Bald kamen auch die Knechte und die Mägde herbei, hell erschrocken über die seltsame Erscheinung. Da vermutete einer, ein Junge, der aus dem Tal war: Es könnte ein Christbaum sein …

Sollte es denn wirklich wahr sein, dass Engel solche Bäumlein vom Himmel bringen? – Sie schauten und staunten. Und aus des Vaters Gefäß qualmte der Weihrauch und erfüllte schon die ganze Stube, sodass es war wie ein zarter Schleier, der sich über das brennende Bäumchen legte. Die Mutter suchte mit den Augen in der Stube herum: „Wo ist denn der Peter?"

Da erachtete ich es an der Zeit, aus dem Ofenwinkel hervorzutreten. Den kleinen Nickerl, der immer noch sprachlos und unbeweglich war, nahm ich an den kühlen Händchen und führte ihn vor den Tisch. Fast sträubte er sich. Aber ich sagte selber tief feierlich gestimmt zu ihm: „Tu dich nicht fürchten, Brüderl! Schau, das lieb Christkindl hat dir einen Christbaum gebracht. Der ist dein."

Und da hub der Kleine an zu wiehern vor Freude und Rührung, und die Hände hielt er gefaltet wie in der Kirche.

Öfter als vierzig Mal seither habe ich den Christbaum erlebt, mit mächtigem Glanz, mit reichen Gaben und freudigem Jubel unter Großen und Kleinen. Aber größere Christbaumfreude, ja eine so helle Freude hab ich noch nicht gesehen, als jene meines kleinen Brüderlein Nickerl – dem es so plötzlich und wundersam vor Augen trat – ein Zeichen dessen, der da vom Himmel kam.

PETER ROSEGGER

Sie würde merken,
wie sehr er sie liebte …

Er war plötzlich hellwach. Es war vier Uhr morgens, die Stunde, in der sein Vater ihn immer gerufen hatte, er solle aufstehen und beim Melken helfen. Seltsam, wie ihm seine Jugendgewohnheiten noch anhafteten! Fünfzig Jahre war das jetzt her, und sein Vater lag schon über dreißig Jahre unter der Erde, und doch wachte er immer um vier Uhr morgens auf. Sonst hatte er sich stets auf die Seite gedreht und weitergeschlafen, heute aber war Weihnachten, und da wollte er nicht wieder einschlafen. Seine Kindheit lag schon so weit zurück, seine eigenen Kinder waren groß geworden und fortgezogen. Er lebte mit seiner Frau allein. Gestern hatte sie gesagt: „Vielleicht ist es nicht der Mühe wert …" Und er hatte erwidert: „O doch, Alice, wenn auch nur wir beide noch da sind, wollen wir doch unser Weihnachtsfest feiern." Dann hatte sie gesagt: „Den Baum schmücken wir morgen, sodass er fertig ist, wenn die Kinder kommen. Heute bin ich zu müde." Er hatte zugestimmt, und der Baum stand noch draußen auf dem Hof.

In Gedanken versetzte er sich in jene frühere Zeit zurück. Fünfzehn Jahre war er damals alt gewesen und lebte noch auf dem Hof seines Vaters. Er liebte seinen Vater sehr. Aber er wusste das erst an jenem Tag kurz vor Weihnachten, als er zufällig gehört hatte, wie sein Vater zu der Mutter sagte: „Mary, es ist mir schrecklich, Rob so früh wecken zu müssen. Er wächst so rasch und braucht seinen Schlaf. Ich wollte, ich könnte ohne ihn fertig werden!" – „Das kannst du nicht", erwiderte die Mutter. „Außerdem ist er kein Kind mehr. Es ist an der Zeit, dass er mehr zupackt." – „Ja", meinte der Vater. „Aber jedenfalls ist es mir arg, ihn zu wecken."

Da wusste er, dass sein Vater ihn lieb hatte. Jetzt gab es kein Herumtrödeln mehr, und er beeilte sich am Morgen, wenn auch noch fast taumelnd vor Schlaf. Und dann lag er in jener Nacht vor Weihnachten, als er fünfzehn war, still da und schaute zu seinem Dachfenster hinaus. „Papa", hatte er gefragt, „was meint man denn mit dem Stall?" – „Eben, ein Viehstall", hatte sein Vater geantwortet, „so wie der unsere."

So war also Jesus in einem Viehstall geboren, und die Hirten und Weisen aus dem Morgenland waren zu dem Stall gekommen, um ihre Geschenke zu bringen: Der Gedanke durchfuhr ihn wie ein Dolch. Warum sollte nicht auch er seinem Vater draußen im Stall ein besonderes Geschenk machen? Er konnte früh aufstehen, schon vor vier, sich in den Stall schleichen und das ganze Melken besorgen. Er würde alles alleine tun, und wenn dann sein Vater hereinkam, würde er sehen, dass alles bereits getan war. Vielleicht zwanzigmal musste er in jener Nacht aufgewacht sein und jedesmal ein Streichholz angezündet haben. Kurz vor drei stand er auf und zog sich an. Die Kühe blickten verschlafen und verwundert drein. Auch für sie war es früh. Aber sie ließen ihn friedlich gewähren, und er brachte jeder Kuh ein wenig Heu und holte dann die Eimer und die Milchkannen. Nie zuvor hatte er alleine gemolken, aber es kam ihm geradezu leicht vor. Er dachte dabei, wie überrascht sein Vater sein würde. Er würde die zwei großen Milchkannen holen wollen, aber sie wären weder da noch leer, sondern würden gefüllt in der Milchkammer stehen. Die Arbeit ging ihm leichter von der Hand als sonst. Melken war diesmal für ihn keine Anstrengung mehr, sondern ein Geschenk für seinen Vater, der ihn lieb hatte. Er war fertig, die beiden Kannen waren voll. Er stellte den Schemel auf seinen Platz und hängte den sauberen Milcheimer auf.

Als er wieder in seinem Zimmer war, hatte er nur einen Augenblick Zeit, in der Dunkelheit seine Kleider abzustreifen und ins Bett zu schlüpfen, denn er hörte seinen Vater bereits heraufkommen. Er zog die Bettdecke über die Ohren, um sein Keuchen zu dämpfen. Die Tür wurde geöffnet. „Rob!", rief der Vater. „Wir müssen aufstehen, auch wenn es Weihnachten ist." „Ist schon recht", erwiderte er verschlafen, „gehe inzwischen voran." Die Tür schloß sich, er lag still da und lachte in sich hinein. In ein paar Minuten würde sein Vater es wissen. Die Minuten waren endlos – endlich hörte er wieder die Schritte des Vaters. Wieder ging die Tür auf, und er lag still. „Du hast wohl gedacht, du könntest mich zum Narren halten?" Sein Vater stand neben ihm und zog ihm die Decke weg. „Es ist doch für Weihnachten, Papa!" Er fühlte, wie sich die Arme seines Vaters um ihn legten. „Sohn, ich danke dir. Du hättest mir keine größere Freude machen können …"

Ach, was für ein Weihnachten war das, sein Herz war fast vor Stolz zersprungen, als sein Vater es der Mutter und den Geschwistern erzählte. „Das schönste Weihnachtsgeschenk, das ich je bekommen habe. So lange ich lebe, mein Sohn, werde ich mich jedes Jahr am Weihnachtsmorgen daran erinnern."

Warum er sich an diesem Weihnachtsmorgen wieder an damals erinnerte, wusste er nicht. Auf jeden Fall stand er jetzt auf, zog sich an und ging leise auf den Speicher hinauf, um die Schachteln mit dem Christbaumschmuck zu holen. Ach, da war ja auch die Krippe, genau wie früher! Er trug alles ins Wohnzimmer. Dann brachte er den Baum herein und begann, ihn sorgfältig zu schmücken. Die Zeit verstrich im Flug wie damals vor langer Zeit in dem Stall. Er holte sein besonderes Geschenk für seine Frau, einen mit Brillanten und Smaragden besetzten Anhänger, nicht groß, aber mit schönen Steinen. Er hängte das Päckchen an den Baum und trat dann zurück. Aber er war noch nicht zufrieden. Er wollte ihr sagen, wie sehr er sie liebte. Es war lange her, seit er ihr das gesagt hatte, obschon er sie in einer besonderen Art mehr liebte als in ihrer Jugend. Ach, das war das wahre Glück im Leben, diese Fähigkeit, aufrichtig zu lieben! Denn er war überzeugt, dass manche Menschen einfach unfähig waren, jemanden zu lieben. Das war das Entscheidende: Nur Liebe konnte Liebe wecken. Und er konnte diese Gabe immer wieder geben. Diesen Morgen – diesen gesegneten Morgen würde er seiner geliebten Frau geben. Die Kerzen, die er angezündet hatte, brannten friedlich weiter und sandten ihr warmes Licht über den Raum. Ja, er könnte es in einem Brief für seine Frau niederschreiben, den sie lesen und dann für immer aufheben würde. Er ging zum Schreibtisch und begann seinen Liebesbrief an seine Frau. „Meine Inniggeliebte …" begann er. Als er fertig war, verschloss er ihn und hängte ihn an den Baum, wo sie ihn als erstes sehen würde, wenn sie ins Zimmer trat. Sie würde ihn lesen, überrascht und dann gerührt sein und merken, wie sehr er sie liebte.

PEARL S. BUCK

Reimend in die Feiertage

Von den Spielsachen zu Weihnachten

Von den Spielsachen
Zu Weihnachten,
von den vielfachen,
die sie brachten,

will ich auswählen
Schönste, beste,
nebenaus zählen
von dem Reste,

einen Straus stehlen
von dem Feste,
ihn im Haus hehlen
für zwei Gäste.

Nicht die Spielknaben
Werdens missen,
die zuviel haben,
ums zu wissen.

Doch ein Spielplätzchen
Will ich gründen,
dort die Vielschätzchen
zierlich ründen.

Den zwei Spielrätzchen
Will ichs machen,
wenn die Spielkätzchen
mir erwachen.

Wenn die Spielmätzchen
Zu mir kommen
Soll das Spielplätzchen
Ihnen frommen.

Ja das Spielschätzchen
Soll sie locken,
dass die Spelfrätzchen
mir nicht stocken;

dass im Sternreigen
dort mit Schimmer
sie mir gern steigen
her ins Zimmer,

und ein Nachtstündchen
hier vertreiben,
bellst du, Wachhündchen?
Lass es bleiben!

Sollst nicht voreilig
Sie verjagen
Bis empor heilig
Sie sich tragen,

Wann die Frühsonne
Her wird dringen
Und mit Sprühwonne
Sie beschwingen.

FRIEDRICH RÜCKERT

Das Weihnachtsbäumlein

Es war einmal ein Tännelein
Mit braunen Kuchenherzelein
Und Glitzergold und Äpflein fein
Und vielen bunten Kerzlein:
Das war am Weihnachtsfest so grün,
als fing es eben an zu blühn.

Doch nach nicht gar zu langer Zeit,
da stands im Garten unten,
und seine ganze Herrlichkeit
war, ach, dahingeschwunden.
Die grünen Nadeln warn verdorrt,
die Herzlein und die Kerzlein fort.

Bis eines Tags der Gärtner kam,
den fror zuhaus im Dunkeln,
und es in seinen Ofen nahm –
hei! Da tats sprühn und funkeln!
Und flammt jubelnd himmelwärts
In hundrt Flämmlein an Gottes Herz.

CHRISTIAN MORGENSTERN

Macht hoch die Tür

Text: Georg Weissel (1623)

Melodie: Freylinghausensches Gesangbuch (1704)

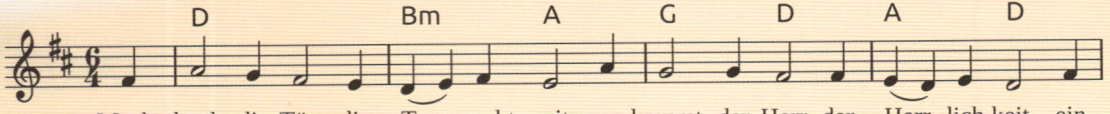

Macht hoch die Tür, die Tor macht weit; es kommt der Herr der Herr-lich-keit, ein

Kö-nig al-ler Kö-nig-reich, ein Hei-land al-ler Welt zu-gleich, der

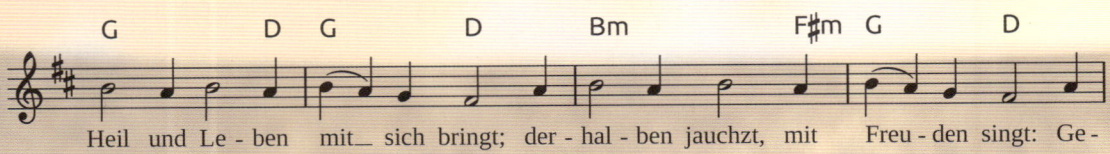

Heil und Le-ben mit sich bringt; der-hal-ben jauchzt, mit Freu-den singt: Ge-

lo-bet sei mein Gott, mein Schöp-fer reich von Rat.

Kommet, ihr Hirten

Text: Karl Rieder (1870)

Melodie: Olmütz (1847)

Kom-met, ihr Hir-ten, ihr Män-ner und Fraun,
kom-met, das lieb-li-che Kind-lein zu schaun,

Chris-tus, der Herr, ist heu-te ge-bo-ren, den Gott zum Hei-land

euch hat er-ko-ren. Fürch-tet euch nicht!

Stille Nacht, heilige Nacht

Text: Joseph Mohr (1816)   Melodie: Franz Xaver Gruber (1818)

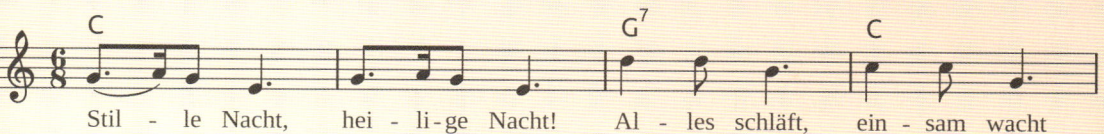

Stil - le Nacht, hei - li - ge Nacht! Al - les schläft, ein - sam wacht

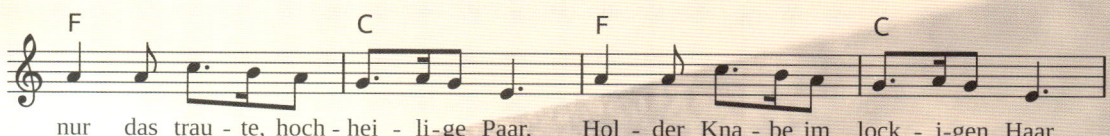

nur das trau - te, hoch - hei - li - ge Paar. Hol - der Kna - be im lock - i - gen Haar,

schlaf in himm - li - scher Ruh,____ schlaf__ in himm - li - scher Ruh.

Leise rieselt der Schnee

Text: Eduard Ebel (1895)   Melodie: Eduard Ebel (1900)

Lei - se rie - selt der Schnee, still und starr liegt der See,

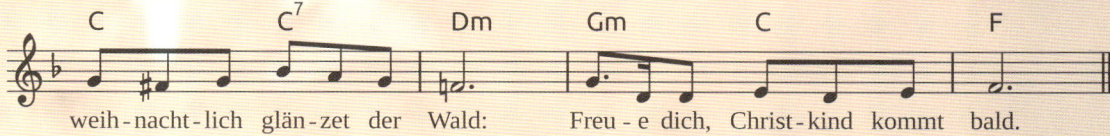

weih - nacht - lich glän - zet der Wald: Freu - e dich, Christ - kind kommt bald.

Der „Kripplpriester"

Als Anton Reidinger (1839–1912) 1870 sein Lied „Es wird scho glei dumpa" herausbrachte, ahnte er wohl nicht, dass er damit einen Weihnachtsschlager geschaffen hatte. Und zwar einen in Mundart des Innviertels. Dort war er auch zu Hause, der ehemalige Sängerknabe aus St. Florian, der später Priester wurde und auch als Seelsorger arbeitete. Eine alte Kirchenmelodie diente ihm als Vorlage zu dem „Kripllied," so nannte man die musikalische Begleitung zu Krippenspielen, an deren Popularität Reidinger nicht unbeteiligt war. Elf Krippenspiele mit Kripplgsangl brachte er heraus. „Es wird scho glei dumpa" wurde sein berühmtestes Lied, das heute auf keinem österreichischen und süddeutschen Adventsabend, bei keiner „Stubenmusi" fehlen darf. Durch seinen 4/4 Takt ist es auch als Volkstanz, der sogenannten Matelotte, geeignet. Wie sehr Menschen in ihren Aufgaben aufgehen, ist manchmal schon ein wenig überirdisch: Anton Reidinger starb am 24. Dezember 1912, zwei Minuten nach Beginn der Christmette.

Es wird scho glei dumpa

Text: Anton Reidinger (1870)

Tiroler Volkslied

Es wird scho glei dum-pa, Es wird scho glei Nåcht. Drum
Ver-giß hiaz. o Kin-derl, dein Kum-mer, dei Load daß'd
Måch zua dei-ne Äu-gerl in Ruh und in Fried und

kimm i zu dir her. Mei Hei-land auf'd Wåcht. Will sin-gen a
då-da muaßt lei-den im Ståll auf da Hoad. Es ziern ja die
gib mir zum Åb-schied dein Segn no gråd mit! Åft werd jå mei

Lia-dl dem Lieb-ling, dem Kloan. Du magst ja nit schlåf-en I
Eng-erl dei Lie-ger-statt aus. Möcht schö-ner nit sein drin an
Schla-ferl a sor-gen-los sein, åft kånn i mi ruah-li aufs

hör di nur woan Hei, hei, hei, hei! Schlåf süß herz-liabs Kind
Kön-ig sein Haus.
Nie-der-legn gfrein.

Jetzt wird gegessen und gefeiert

Gerade an Weihnachten darf es üppig und einfach zugleich sein! Schließlich gilt es, einen berühmten Geburtstag zu feiern.

Einfach und üppig, aber immer gastlich

Weihnachten ist ein Fest der Sinne, und neben dem Hören, dem Riechen, dem Schauen dreht sich an Weihnachten vor allem viel Zeit ums Essen. Ursprünglich als Willkommensgruß für das Jesuskind gedacht, ist das Weihnachtsessen, natürlich regional verschieden, aber überall ein Anlass, Familie und Freunde um sich zu scharen. Üppig und feierlich darf es dann schon sein und ob Truthahn, Gans, Karpfen oder Heringssalat, ein Weihnachtsessen soll und darf lange dauern, schließlich wird nicht nur ein vollbrachtes Jahr gefeiert, das langsam ausklingt, sondern es soll auch Hoffnung für ein neues geschöpft werden. Das größte Ereignis für Kinder ist die Bescherung – wenn sie spannend und feierlich begangen wird. Spätestens jetzt sollte alle Hektik vergessen sein, denn Erinnerungen an gelungene Weihnachtsabende behält man ein Leben lang als wärmende Erinnerung.

Magenschoner: Kletzenbrot, Hutzelbrot, Nüsse

Im Alpenraum wurden früher im Winter getrocknete Birnen in das Brot gebacken, wodurch es süß wurde. Da diese getrockneten Früchte je nach Region auch Hutzen, Hutzeln oder Kletzen hießen, erhielt das Brot diesen Namen. Mittlerweile werden auch andere Arten von Früchtebrot damit bezeichnet.

■ Die Birnen über Nacht einweichen, dann weich kochen. Blütenreste und Stile entfernen und die Birnen fein hacken. Die Nüsse grob hacken und mit dem Rum vermischen.

■ Aus Mehl, 1/4 l des Birnenkochwassers, dem Sauerteig und den Gewürzen einen Teig kneten. Die gehackten Birnen und Nüsse in den Teig einkneten.

■ Den Teig ruhen lassen, bis er doppelt so hoch ist. Dann zu mittleren Laiben formen und nochmals 1 Stunde ruhen lassen.

■ Den Ofen auf 250 °C vorheizen. Die Laibe auf ein gefettetes Backblech legen und gut mit Wasser anfeuchten.

■ Im vorgeheizten Ofen etwa 20 Minuten backen, dann die Hitze auf 180 °C zurückschalten, ca. 1 Stunde fertig backen. Dazwischen einmal mit Wasser bestreichen.

■ Das fertige Brot mindestens 1 Woche ruhen lassen, damit es seinen vollen Geschmack entwickelt.

1 kg Dörrbirnen
1 l Wasser
250 g Walnüsse
2 EL Rum
500 g Roggenmehl
100 g Sauerteig
1 TL Salz
1 TL Zimt
1/4 TL Nelkenpulver
4 EL Honig

Tipp:
In einer Zellophantüte mit einem kleinen Bändchen oder in eine weihnachtliche Serviette verpackt sind kleine Kletzenbrote auch tolle Mitbringsel zum Adventskaffee.

Glasierte Ente

2 Orangen
1 Ente (ca. 2,5 kg)
200 ml Blutorangensaft
200 ml naturtrüber Apfelsaft
Zimt
Salz, Pfeffer
8 Backpflaumen
8 getrocknete Aprikosen
4 EL Rosinen
2 EL Honig
1/4 l fruchtiger Rotwein

Am Vortag

■ Die Orangen filetieren. Die Ente außen und innen gründlich waschen und trocken tupfen.

■ Einen Teil der Orangenfilets unter die Haut schieben. Die restlichen Filets kommen am nächsten Tag mit in den Bräter.

■ Den Orangen- und Apfelsaft mischen und mit Zimt und Pfeffer würzen. Die Ente mit der Marinade in einen großen Gefrierbeutel geben und über Nacht ziehen lassen.

Am Folgetag

■ Die getrockneten Pflaumen und Aprikosen vierteln und zusammen mit den Rosinen in 200 ml Wasser einweichen.

■ Den Backofen auf 180 °C vorheizen. Die Ente in einen Bräter setzen und das Trockenobst außen herum verteilen. Das Einweichwasser und die Hälfte der Marinade angießen und die Ente nochmals mit Salz, Pfeffer und etwas Zimt würzen.

■ Im vorgeheizten Ofen etwa 2 Stunden garen lassen. Zwischendurch immer wieder mit der Flüssigkeit bestreichen und nach Bedarf Wasser nachgießen.

■ Etwa 15 Minuten vor Ende der Garzeit die Ente mit dem Honig einstreichen und die Haut karamellisieren lassen.

■ Nach Ende der Garzeit die Ente aus dem Bräter heben und mit Alufolie bedeckt 10 Minuten ruhen lassen. Den Bräter auf den Herd stellen und den Rotwein und die restliche Marinade zum Bratensaft geben.

■ Die Soße aufkochen lassen und den Bratensatz lösen. 5 Minuten einköcheln lassen, ggf. mit etwas Speisestärke abbinden und zusammen mit der Ente servieren.

■ Dazu passen glasierte Maronen und Rübchen und Kroketten.

Lammkeule mit Couscous

FÜR 6–8 PERSONEN
1 Lammkeule, ca. 2,5 kg
(mit Knochen)
Salz, Pfeffer
2 EL Öl
2 EL körniger Senf
2–3 EL Koriandersamen
2 Zwiebeln
2 EL Butter
2 EL gehackte Walnüsse
ca. 600 ml Gemüsebrühe
350 g Instant-Couscous
2 EL frisch gehackte Petersilie
1 Spritzer Zitronensaft

Durch den Couscous und die Koriandersamen mutet diese Lammkeule etwas orientalisch an. Ein etwas anderer Festbraten, der dennoch gut zum Weihnachtsfest passt.

■ Den Ofen auf 120 °C vorheizen. Das Lamm abbrausen und trocken tupfen. Den unteren Knochen belassen, den zweiten Knochen auslösen.

■ Das Fleisch mit Küchengarn in Form binden. Mit Salz und Pfeffer würzen und von beiden Seiten in heißem Öl anbraten.

■ Auf ein Backblech legen und mit dem Senf bestreichen. Den Koriander grob zerstoßen und auf das Fleisch streuen. Im Ofen ca. 2,5 Stunden rosa garen.

■ Für den Couscous die Zwiebeln schälen, halbieren und in Streifen schneiden. Butter in einer Pfanne erhitzen und die Zwiebeln darin langsam goldbraun braten.

■ Die Walnüsse unter die Butter mengen und die Brühe angießen. Alles aufkochen lassen und den Couscous einrühren. Vom Herd nehmen und ca. 5 Minuten quellen lassen.

■ Die gehackte Petersilie untermengen und den Couscous mit Zitronensaft, Salz und Pfeffer abschmecken.

■ Das Lamm aus dem Ofen nehmen, mit Alufolie abdecken und einige Minuten ruhen lassen.

■ Den Couscous auf eine Servierplatte geben. Das Küchengarn von der Lammkeule entfernen und die Keule auf dem Couscous anrichten und servieren.

Regionale Klassiker zu Weihnachten

Da die Zeit zwischen St. Martin am 11. November und Heiligabend am 24. Dezember ursprünglich Fastenzeit war, wurde in dieser Zeit kein Fleisch gegessen. Daher rühren auch der Weihnachtskarpfen und der festliche (Gänse-)Braten an den Feiertagen. Jede Region und jede Familie hat ihre eigenen kulinarischen Weihnachtstraditionen entwickelt, und wenn es die Tradition ist, jedes Jahr etwas Neues auszuprobieren. Es gibt aber einige Gerichte, die sich im Laufe der Zeit weit verbreitet haben.

Roter Heringssalat mit Pflaumen

1 EL Essig
2 EL Öl
2 EL Rote-Bete-Saft
Salz, Pfeffer
3 kleine rote Zwiebeln
300 g Matjesfilets
200 g eingelegte Pflaumen

■ Essig, Öl und Rote-Bete-Saft verrühren und mit Salz, Pfeffer und etwas Flüssigkeit von den eingelegten Pflaumen abschmecken.
■ Die Zwiebeln abziehen, würfeln und in der Vinaigrette mindestens 30 Minuten marinieren.
■ Die Matjesfilets unter kaltem Wasser abspülen und in mundgerechte Stücke schneiden. Unter die Zwiebeln mischen.
■ Die Pflaumen abtropfen lassen, vierteln und unter den Salat mischen. Den Salat durchziehen lassen und vor dem Servieren mit Pfeffer abschmecken.

Kartoffelsalat mit Würstchen

1 kg Kartoffeln
300 ml kräftige Gemüsebrühe
3 EL Essig
1 mittlere Zwiebel
Salz, Pfeffer
1/2 Bund Petersilie
2 EL Öl

■ Die Kartoffeln mit Schale kochen. In der Zwischenzeit eine sehr kräftige Gemüsebrühe zubereiten. Die Zwiebel abziehen, würfeln und in die heiße Gemüsebrühe geben. Den Essig ebenfalls unterrühren.
■ Die Kartoffeln pellen und in Stücke schneiden. Noch warm mit ca. 2/3 der Brühe-Essig-Mischung übergießen und gut verrühren. Die Zwiebelwürfel mit einem Schaumlöffel aus der Brühe heben und untermischen.
■ Die Petersilie waschen, trocken schütteln und hacken. Ebenfalls unter den Kartoffelsalat mischen. Mit Salz und Pfeffer abschmecken.
■ Den Salat mindestens 30 Minuten ziehen lassen, nach Bedarf noch Brühe nachgießen. Kurz vor dem Servieren das Öl untermischen und den Salat nochmals mit Salz und Pfeffer abschmecken.
■ Dazu heiße Würstchen wie z.B. Wiener reichen.

Weihnachtskarpfen mit Petersilienkartoffeln

Der Weihnachtskarpfen wird in vielen Regionen gegessen, auch wenn die Zubereitung unterschiedlich ist. Im Norden Deutschlands liebt man ihn als Karpfen blau mit Kartoffeln, während er im Süden lieber gebacken verzehrt wird. In anderen Regionen wiederum kommt er als ganzer Fisch gefüllt mit Gemüse und Kartoffeln auf den Tisch.

750 g Karpfenfilets
750 g Kartoffeln
1/2 Bund Petersilie
2 Knoblauchzehen
Mehl zum Panieren
2 Eier
2 EL Milch
Semmelbrösel zum Panieren
abgeriebene Schale und Saft
von 1 Zitrone
Salz, Pfeffer
Butterschmalz

■ Die Karpfenfilets kalt abspülen und trocken tupfen. Auf die Hautseite legen und mit einem scharfen Messer von oben nach unten einschneiden. Dabei nicht ganz durchschneiden. Den Schnitt mit jeweils 1 cm Abstand wiederholen. So werden alle Gräten durchgeschnitten und können mitgegessen werden. Anschließend portionieren.

■ Die Kartoffeln schälen und in Spalten schneiden. In reichlich Salzwasser gar kochen.

■ Die Petersilie waschen, trocken schütteln und hacken. Die Knoblauchzehen abziehen und fein hacken.

■ Die beiden Eier mit der Milch in einem tiefen Teller verquirlen. In einen zweiten das Mehl geben und in einem dritten die Semmelbröseln mit der Zitronenschale, Salz und Pfeffer mischen.

■ Das Butterschmalz in einer Pfanne erhitzen. Die Fischstücke erst in Mehl, dann in Ei und zuletzt in der Semmelbröselmischung wenden. Im heißen Butterschmalz ausbraten.

■ Die Karpfenstücke aus der Pfanne heben, noch warm mit etwas Zitronensaft übergießen und warm stellen.

■ Den gehackten Knoblauch in das Butterschmalz geben und die Kartoffeln darin schwenken. Zum Schluss die gehackte Petersilie untermischen und mit Salz und Pfeffer würzen.

■ Die Petersilienkartoffeln mit den panierten Karpfenfilets servieren.

Schuppen vom Weihnachtskarpfen sollen im nächsten Jahr Geldsegen bringen, wenn man sie mit sich trägt.

Schlicht, vegetarisch, wärmend ... Linsen

1 Zwiebel
1 Knoblauchzehe
10 g Ingwer
2 EL Ghee oder Butterschmalz
100 g gelbe Linsen
150 g gelbe Mungbohnen
900 ml Gemüsebrühe
1 TL indisches Currypulver
1/2 TL gemahlener Koriander
1/2 TL gemahlene Nelken
Salz, Pfeffer
25 g Kürbiskerne

Klassisch sind auch Rezepte, die bereits einen Tag vor Heiligabend vorbereitet werden können. Das entspannt den Heiligen Abend. Linsen gehören in vielen Regionen zur betont schlichten Festtagsküche. Außerdem sollen Linsen zu den Festtagen für einen stets gefüllten Geldbeutel im neuen Jahr sorgen …

■ Die Zwiebel, den Knoblauch und den Ingwer schälen und fein würfeln. Das Ghee in eine heiße Pfanne geben und alles glasig anschwitzen.

■ Die Linsen und Mungbohnen zugeben und mit der Brühe ablöschen. Ca. 40 Minuten köcheln lassen, bis die Hülsenfrüchte weich sind.

■ Dann mit dem Curry, dem Koriander, Nelken, Salz und Pfeffer abschmecken.

■ Auf Schalen verteilen, mit den Kürbiskernen bestreuen und dazu nach Belieben Getreidebratlinge reichen.

Weihnachtsgans

1 Gans (ca. 4 kg)
Salz, Pfeffer
4 Zwiebeln
2 große Äpfel
ca. 400 g geschälte, gegarte
Maronen
1 Brötchen vom Vortag
je 1 TL getrockneter Majoran
und Beifuß
1/2 l Geflügelbrühe
1 EL Tomatenmark
1/4 l Rotwein
1 gestrichener TL Speisestärke

Der in vielen Familien obligatorische Gänsebraten geht ebenfalls auf die Fastenzeit zwischen St. Martin und Heiligabend zurück. Die Martinsgans war das letzte Fleisch, das vor der adventlichen Fastenzeit gegessen wurde, und die Weihnachtsgans somit das erste Fleisch, das danach verspeist wurde.

■ Die Gans innen und außen gründlich waschen, trocken tupfen und loses Fett entfernen. Die Innenseite kräftig mit Salz einreiben.
■ Die Zwiebeln abziehen und würfeln. Die Äpfel, die Maronen und das Brötchen ebenfalls würfeln. Die Innereien unter fließendem Wasser abspülen, trocken tupfen und klein schneiden. Alles vermengen und mit Salz, Pfeffer, Majoran und Beifuß würzen.
■ Den Ofen auf 170 °C vorheizen. Die Gans mit der Mischung füllen und die Öffnung mit Spießen und Küchengarn schließen. Auf die Fettpfanne legen, die Brühe angießen und die Haut am Keulenansatz mehrfach einstechen. Im vorgeheizten Ofen 3,5 bis 4 Stunden braten. Zwischendurch die Gans immer wieder mit Bratensaft bepinseln.
■ Gegen Ende der Garzeit die Gans mit stark gesalzenem Wasser bepinseln und den Ofen auf 250 °C hochheizen, damit die Haut knusprig wird.
■ In einem kleinen Topf das Tomatenmark anschwitzen und mit dem Rotwein ablöschen. Die fertige Gans warm stellen. Den Fond entfetten und in den Topf seihen. Die Soße aufkochen und 5 Minuten einkochen lassen. Die Speisestärke mit etwas kaltem Wasser glatt rühren und den Fond damit abbinden. Zur Ente servieren.
■ Dazu passen Kartoffelknödel und Apfel-Blaukraut.

Tipp:
Das Fett kann entweder zu Griebenschmalz verarbeitet oder als Bratenfett verwendet werden. Wenn Sie das Fett nicht weiterverwenden möchten, dann bitte in ein gut verschließbares Schraubglas füllen und entsprechend entsorgen. Auf keinen Fall in den Abfluss oder die Toilette gießen.

Mohnstrudel

FÜR 1 STRUDEL

FÜR DEN TEIG
300 g Mehl, 10 g frische Hefe
30 g Zucker
ca. 75 ml lauwarme Milch
50 g Butter, 1 Ei
1 Msp. Zitronenabrieb
Mehl für die Arbeitsfläche

FÜR DIE FÜLLUNG
350 g gemahlener Mohn
70 g Rosinen
ca. 350 ml Milch
40 g Butter, 180 g Zucker
1 Prise Zimt, 1 Eigelb
3–4 EL Kondensmilch

ZUM GARNIEREN
120 g Puderzucker
2 TL Zitronensaft
20 Rosinen, 20 g Zitronat
20 g Orangeat

■ Für den Teig das Mehl in eine Schüssel sieben und in der Mitte eine Mulde bilden. Die Hefe hineinbröckeln und mit dem Zucker und 40 ml Milch verrühren. Abgedeckt an einem warmen Ort ca. 30 Minuten gehen lassen. Dann die restlichen Zutaten zufügen und alles zu einem glatten Teig verkneten, der sich vom Schüsselrand löst. Abgedeckt etwa 1 Stunde gehen lassen.

■ In der Zwischenzeit für die Füllung den Mohn mit den Rosinen, der Milch, Butter und Zucker in einen Topf geben und aufkochen lassen Vom Herd nehmen und den Zimt zufügen. Unter gelegentlichem Rühren abkühlen lassen.

■ Den Ofen auf 180 °C Umluft vorheizen. Den Teig nochmals gut durchkneten und auf bemehlter Arbeitsfläche ca. 5 mm dick und rechteckig ausrollen. Mit der Füllung bestreichen und aufrollen. Auf ein mit Backpapier belegtes Blech legen.

■ Das Eigelb mit der Kondensmilch verrühren und den Strudel damit bepinseln. Im Ofen etwa 50 Minuten goldbraun backen. Aus dem Ofen nehmen und auskühlen lassen.

■ Den Puderzucker mit dem Zitronensaft zu einem zähen Guss verrühren. Den Strudel damit überziehen. Mit den Rosinen und dem gehackten Zitronat und Orangeat bestreuen und trocknen lassen.

Weiße Schokoladen-Apfel-Torte

FÜR 1 SPRINGFORM,
Ø 24 CM

FÜR DAS PÜREE
1,5 kg Äpfel
800 ml Wasser
300 g Zucker
2 EL Vanillezucker

FÜR DEN BODEN
6 Eier, 1 TL Zitronensaft
1 Msp. Zitronenabrieb
150 g Zucker
100 g Mehl, 50 g Speisestärke
1 Msp. Backpulver

FÜR DIE FÜLLUNG
200 g Frischkäse
200 g weiche Butter

ZUM GARNIEREN
100 g weiße Schokoraspeln

■ Die Äpfel schälen und vierteln. Den Zucker, Vanillezucker und das Wasser in einen Topf geben und für ca. 2 Minuten kochen lassen. Die Äpfel zugeben und ca. 20 Minuten weich kochen. Vom Herd nehmen und abkühlen lassen.

■ Durch ein Sieb gießen und den Apfelsirup auffangen. Die Äpfel pürieren und so viel vom Sirup untermixen, bis ein dickliches Püree entsteht.

■ Den Backofen auf 200 °C Ober- und Unterhitze vorheizen. Die Springform mit Backpapier auslegen. Die Eier trennen und die Eiweiße mit dem Zitronensaft und -abrieb sowie der Hälfte vom Zucker zu steifem Eischnee schlagen.

■ Den übrigen Zucker mit den Eigelben verquirlen. Das Mehl mit der Stärke und dem Backpulver vermischen. Den Eischnee auf die Eigelbcreme setzen, das Mehl darübersieben und alles vorsichtig unterheben.

■ Den Teig in die Springform füllen, glatt streichen und ca. 35 Minuten goldbraun backen. Danach auskühlen lassen und waagerecht halbieren.

■ Für die Füllung den Frischkäse mit der weichen Butter verrühren. Das Apfelpüree unterrühren und so viel vom übrigen Sirup gut unterrühren, bis eine cremige Masse entsteht.

■ Einen Tortenboden in einen Tortenring legen, die Hälfte der Apfelcreme daraufstreichen, den zweiten Boden auflegen und mit der übrigen Creme bestreichen.

■ Für ca. 2 Stunden kühlen. Die Schokoraspeln auf die Torte streuen und servieren.

Brauchtum mit Variationen

Wie vor 100 Jahren ist längst nichts mehr,
auch nicht Weihnachten. Doch gerade
im Mix von Tradition und Zeitgeist liegt der
Reiz moderner Brauchtumspflege.

An die hellen Fenster kommt er gegangen
Und schaut in des Zimmers Raum;
Die Kinder alle tanzten und sangen
Um den brennenden Weihnachtsbaum.
Theodor Storm

Es weihnachtet sehr

Wer kennt es nicht, dieses „Wintergefühl", und meist wird es durch einen unsichtbaren Zauber ausgelöst – es liegt im wahrsten Sinne des Wortes in der Luft.

Der Weihnachtsduft ist ein ganz eigenes Parfüm. Ein Hauch Tanne, verfeinert mit den Aromen von Zimt und Orange, Spuren von Vanille, die neben Honig für eine füllige Note sorgen. Ganz leicht weht eine Ahnung von Wachs und Mandel darüber, fast wird sie vom wuchtigen Lebkuchengeruch überdeckt. Aber wie in einem gut komponierten Stück überlagert nur taktweise das eine das andre, bis sich alles zu einem harmonischen Ganzen wiederfindet und Räume, Stuben, Zimmer, Hallen bis in den letzten Winkel füllt. Sobald die Abende länger werden und erste Kerzen und Tannenzweige die Tische schmücken, kann man Weihnachten „atmen". Mit dem ersten Plätzchenbacken und wärmenden Bechern Orangenpunsch wird die geheimnisvolle Adventsphiole geöffnet: Manchmal ein wenig mit Nelken gewürzt, da und dort süß von Maronen, schwer und herb nach hochprozentiger Schokolade und Bittermandel duftend, hat jede Familie ihr ganz eigenes Weihnachtsparfüm – ein wahrer Zaubertrank, der Erinnerungen und große Gefühle auslöst.

Festpalette:
Grün, Rot, Weiß

Weltliche Weihnacht – auch wenn es fast ein Widerspruch ist, so feiern doch immer mehr Menschen ein ganz eigenes Weihnachtsfest, das nicht mehr allzu stark an christliche Urbräuche angelehnt ist. Sogar Familien anderer Glaubensrichtungen stellen einen Baum auf und beschenken sich – ja weil es einfach eine schöne Art ist, sich festlich zu beschenken, mit Freunden zu essen oder feierliche Musik zu hören. Dass dabei auch die weihnachtlichen Farben auf der Strecke bleiben, darf man getrost als Säkularisierung und damit Demokratisierung des Weihnachtsfestes sehen.

Rot und Grün

Traditionell sind die beiden Farben ein Garant für Weihnachtsstimmung. Grün als Sinnbild der Treue, jener Treue, die Gott zu den Menschen hat – so die Interpretation –, symbolisiert durch immergrüne Pflanzen wie Mistel, Tanne, Kiefer, Eibe, Buchsbaum. Und ganz irdisch durch den Christbaum, der seinen Ursprung im Paradiesbäumchen hat, das man in alten Krippenspielen als zentrale Dekoration ansiedelte, um den Lebensbaum zu verewigen. Natürlich brauchte dieses Bäumchen einen roten Apfel der Verführung, daraus wurden mehr und mehr Äpfel, schließlich goldene Nüsse und letztendlich Äpfel aus Glas – die Weihnachtskugeln. Rot glänzend an Tannengrün. Viel orthodoxer ist natürlich die Bedeutung, dass das Rot für das Blut Christi steht.

Designweihnachten

Vielleicht ist die modische Abkehr von Rot an Grün weniger ein fehlender Respekt vor der religiösen Interpretation, als vielmehr eine Huldigung an das schöne Fest mit einem einfachen Mittel: dem Purismus. Schließlich bedeutet Weiß Reinheit und Grün Hoffnung. Was für ein schönes Paar, das man sich optisch zum Abschluss des Jahres gönnt. Nicht wenige Wohnungen werden heute von „unnadeligen" Tannenbäumen geschmückt. Karg geschmückt, pur und unverdorben. Die Äpfel sind weißen Schmuckelementen gewichen, die sich dem Style heutigen Wohnens angleichen. Auch darin war Weihnachten immer gleich: Es war stets ein Spiegel der Epochen!

CHRISTINE PAXMANN

Vom Erz zum Holz – die Schnitzer aus dem Erzgebirge

Als im 16. Jahrhundert der Erzabbau im Erzgebirge rapide zurückging, weil die Stollen ausgeschöpft waren oder nur teuer gefördert werden konnten, mussten sich die Bergarbeiterfamilien eine andere Arbeit suchen. Sie entsannen sich ihrer Freizeitbeschäftigung, dem Schnitzen und Klöppeln. Aus den einstigen Bergleuten wurden Schnitzerdynastien, rund um die Orte Altenberg, Seiffen und Annaberg entstanden Zentren der Weihnachtsschnitzerei und Spielzeugindustrie. Im Erzgebirge herrschte plötzlich das ganze Jahr Weihnachten. Die Sagen der Gegend brachten wunderbare Vorlagen.

Harte Nüsse

Das Erzgebirge ist wie fast alle Mittelgebirge ein Hort jahrhundertealter Sagen. Früher, wenn sich in den Bergarbeiterfamilien am Abend die erzgebirgischen Märchen erzählt wurden, schnitzten die Bergleute als Freizeitbeschäftigung die Figuren dazu. Eine der bis heute berühmtesten ist der Nussknacker, der auf die Sage mit dem hartherzigen Bauern zurückgeht. Reich und einsam bekommt dieser zu Weihnachten immer einen Sack Nüsse geschenkt. Aber anstatt sie zu teilen und so ein wenig Gesellschaft an den Festtagen zu haben, verschlingt er die harten Früchte ganz allein. Die beschwerliche Arbeit des Öffnens allerdings verleidet dem Kauz den Genuss. Er lädt zum Wettstreit ein. Wer ihm eine Methode zum leichten Nüsseknacken verrät, bekommt eine Belohnung. Absonderliche Einfälle kamen. Auf die Nüsse zu schießen, sie von Hennen ausbrüten zu lassen oder gar den harten Biestern mit der Säge zu Leibe zu rücken. Nur der alte Puppenschnitzer aus dem Dorf macht bei all den Verrücktheiten nicht mit, sondern fertigt in tagelanger Arbeit ein robustes Männlein aus Holz an. Hübsch putzt er es heraus in der Sonntagstracht der erzgebirgischen Bergleute. Ein raffinierter Hebelmechanismus ermöglicht dem kantigen Mund das Knacken der Nüsse. Der Bauer ist begeistert, und so wie der kleine Holzmann die Nüsse knackt, hat er auch das Herz des reichen Geizhals geknackt, der fortan seine Nüsse verschenkt und zum Freund der Kinder wird.

Historische Männchen

Eine Sagenvorlage hat auch das voigtländische Moosmannel, das auf zwei Waldgeister, Waldmannel und Waldweibel, zurückgeht, die allen Armen zur Seite standen und gerade zur Weihnachtszeit aus Laub Gold machten. Moosmannel werden heute aus Holz, Wurzeln oder anderen Naturmaterialien gefertigt und tragen immer ein grünes Gewand.

Kleine Drechslerkunstwerke sind die Räuchermännchen aus dem Erzgebirge und Voigtland, die aus dem Holz von Laubbäumen geschnitzt werden. Meist sind die Räuchermännchen in den Trachten typischer Handwerksberufe der Gegend gewandet, also Förster, Rastelbinder, Kloßfrauen oder eben Bergleute.

Mehr als ein Dekogegenstand

Ein geradezu kosmisches Element der Volkskunst ist der Schwibbogen, ein aus Holz gefertigter Bogen mit aufgesetzten Lichtern, Sonne, Mond und Sternen. Unter dem Schwibbogen tummeln sich die Schnitzfiguren der traditionellen erzgebirgischen Familien und Erzgebirgsberufe: Bergleute, Schnitzer und Klöpplerinnen. Der Lichterbogen, der heute in aller Welt Weihnachtsfenster ziert, war ein typisches Produkt der Bergarbeiterwelt. Immer unter Tage, hatten sie eine Sehnsucht nach dem Licht, die sie in dem Schnitzsymbol zum Ausdruck brachten. Den Weg nach Hause sollten die ins Fenster gestellten Bögen natürlich auch leuchten. Um 1740 ist wohl einer der ersten Bögen entstanden.

Eine ähnliche luzide Aufgabe haben das Kerzenhalterpaar Bergmann und Engel. Die tiefchristlichen Erzgebirgler schufen für ihre jüngsten Kinder, die im Bergbau schuften mussten, Lichterfiguren, damit sie abends und bei Tagesanbruch ihren Weg fanden.

Weihnachtspyramide

Bereits aus heidnischer Zeit stammt der Brauch, Zweige im Haus aufzuhängen, als Schutz gegen das Böse. Buchsbaum oder Misteln waren da gefragt, in Gegenden mit kräftigen Wintern und wenig zartem Grün wie Ost- und Nordeuropa übernahmen hölzerne Lichterpyramiden die Funktion. Die Flügelpyramiden aus dem Erzgebirge sind ein kleines Kraftwerk. Die im Kreis gesetzten Kerzen verströmen durch ihre Flammen warme Luft, die nach oben steigt. Diese kleinen Aufwinde treiben ein zartes Windrad an. Lichtsymbol und Verscheuchen böser Aura in einem künstlerischen Schnitzwerke vereint. Die Weihnachtspyramiden wurden dann im 19. Jahrhundert vielerorts vom Weihnachtsbaum abgelöst.

CHRISTINE PAXMANN

Musik zu Weihnachten

Ob es ein kleines Weihnachtslied sein soll, einer der zahllosen Weihnachtsschlager, die ab Ende November aus Kaufhäusern, Radiosendern und Bahnhöfen herausklingen, ob es Adventslieder in Orchesterfassung oder mit Zither und Harfe vorgebrachte weihnachtliche Volksweisen sein sollen, das bleibt dem persönlichen Geschmack überlassen. Aber fast überall auf der Welt wird das Weihnachtsfest auch musikalisch begangen.

Weihnachtskantate und Oratorium

Die Geburt Christi musikalisch in Szene zu setzen, ist ein Brauch, der seit dem 16. Jahrhundert ausgeübt wird. Da es sich um ein großes Ereignis handelt, konnte die von den Komponisten gewählte Form gar nicht groß genug sein. Großer Chor und Orchester, Mehrstimmigkeit, komplizierter Aufbau und anspruchsvolle musikalische Umsetzung, so wuchtig kommen Weihnachtsoratorien daher. Das wohl berühmteste ist von Johann Sebastian Bach. Ein wenig bescheidener in Ausstattung und Länge werden die feierlichen Chor- und Orchesterwerke Kantate genannt.

Hausmusik

Wenn es weihnachtet, werden die Flöten und Gitarren herausgeholt. Tatsächlich wird auch heute vor Weihnachten so viel musiziert wie sonst im Jahr nicht. Die traditionellen Weihnachtslieder sind einfach zu spielen, auch mehrstimmig. Sogar Karaokefassungen werden immer beliebter. Und vielleicht ist es ein wenig wie mit der Renaissance der selbst gemachten Marmeladen und selbst gestrickten Schals. Selber Musizieren ist eine kreative Leistung, die einzigartig ist und – einmal ausprobiert – ziemlich süchtig macht. Im Alpenraum wird die häusliche Musik auch Stubenmusik genannt. Dann kommen häufig noch Akkordeon, Hackbrett oder Zither zum Einsatz.

Weihnachtslieder

Ganz ohne Instrument bekommt auch die kleinste Gruppe ein Weihnachtslied hin. Die Texte sind einfach, und auch wenn die Strophen nach der ersten mit la la la gesungen werden, trägt die Melodie sofort zur Stimmungsbildung bei. Bei „Es ist ein Ros entsprungen", „Macht hoch die Tür" oder „Leise rieselt der Schnee" kann man doch den Duft von Vanillekipferl schon nach den ersten Takten förmlich riechen, oder? Synästhesie nennt man diese Verschmelzung von Sinneseindrücken. Keine Jahreszeit verbindet Geruch, Geschmack und Sound so zuverlässig wie Weihnachten.

CHRISTINE PAXMANN

Der störrische Esel und die süße Distel

Als der heilige Josef im Traum erfuhr, dass er mit seiner Familie vor der Bosheit des Herades fliehen müsse, in diesen bösen Stunden weckte der Engel auch den Esel im Stall. „Steht auf!", sagte er von oben herab. „Du darfst die Jungfrau Maria mit dem Herrn nach Ägypten tragen." Dem Esel gefiel das gar nicht. Er war kein sehr frommer Esel, sondern eher ein wenig störrisch im Gemüt. „Kannst du das nicht selber besorgen?", fragte er verdrossen. „Du hast doch Flügel, und ich muss alles auf dem Buckel schleppen! Warum denn gleich nach Ägypten, so himmelweit!" „Sicher ist sicher!", sagte der Engel, und das war einer von den Sprüchen, die selbst einem Esel einleuchten müssen. Als er nun aus dem Stall trottete und zu sehen bekam, welch eine Fracht der heilige Josef für ihn zusammengetragen hatte, das Bettzeug für die Wöchnerin und einen Pack Windeln für das Kind, das Kistchen mit dem Gold der Könige und zwei Säcke mit Weihrauch und Myrrhe, einen Laib Käse und eine Stange Rauchfleisch von den Hirten, den Wasserschlauch und schließlich Maria selbst mit dem Knaben, auch beide wohlgenährt, da fing er gleich wieder an, vor sich hinzumaulen. Es verstand ihn ja niemand außer dem Jesuskind. „Immer dasselbe", sagte er, „bei solchen Bettelleuten! Mit nichts sind sie hergekommen, und schon haben sie eine Fuhre für zwei Paar Ochsen beisammen. Ich bin doch kein Heuwagen", sagte der Esel, und so sah er auch wirklich aus, als ihn Josef am Halfter nahm, es waren kaum noch die Hufe zu sehen.

Der Esel wölbte den Rücken, um die Last zurechtzuschieben, und dann wagte er einen Schritt, vorsichtig, weil er dachte, dass der Turm über ihm zusammenbrechen müsse, sobald er einen Fuß voransetzte. Aber seltsam, plötzlich fühlte er sich wunderbar leicht auf den Beinen, als ob er selber getragen würde, er tänzelte geradezu über Stock und Stein in der Finsternis. Nicht lange, und es ärgerte ihn auch das wieder. „Will man mir einen Spott antun?", brummte er. „Bin ich etwa nicht der einzige Esel in Betlehem, der vier Gerstensäcke auf einmal tragen kann?" In seinem Zorn stemmte er plötzlich die Beine in den Sand und ging keinen Schritt mehr von der Stelle. „Wenn er mich jetzt auch noch schlägt", dachte der Esel erbittert, „dann hat er seinen ganzen Kram im Graben liegen!" Allein, Josef schlug ihn nicht. Er griff unter das Bettzeug und suchte nach den Ohren des Esels, um ihn dazwischen zu kraulen. „Lauf noch ein wenig", sagte der heilige Josef sanft, „wir rasten bald!" Darauf seufzte der Esel und setzte sich wieder in Trab. „So einer ist nun ein großer Heiliger", dachte er, „und weiß nicht einmal, wie man einen Esel antreibt!" Mittlerweile war es Tag geworden und die Sonne brannte heiß. Josef fand ein Gesträuch, das dürr und dornig in der Wüste stand, in seinem dürftigen Schatten wollte er Maria ruhen lassen. Er lud ab und schlug Feuer, um eine Suppe zu kochen, der Esel sah es voll Misstrauen. Er wartete auf sein eigenes Futter, aber nur, damit er es verschmähen konnte. „Eher fresse ich meinen Schwanz", murmelte er, „als euer staubiges Heu!" Es gab jedoch gar kein Heu, nicht einmal ein Maul voll Stroh, der heilige Josef in seiner Sorge um Weib und Kind hatte es rein ver-

gessen. Sofort fiel den Esel ein unbändiger Hunger an. Er ließ seine Eingeweide so laut knurren, dass Josef entsetzt um sich blickte, weil er meinte, ein Löwe säße im Busch.

Inzwischen war auch die Suppe gar geworden und alle aßen davon, Maria aß und Josef löffelte den Rest hinterher und auch das Kind trank an der Brust seiner Mutter, und nur der Esel stand da und hatte kein einziges Hälmchen zu kauen. Es wuchs da überhaupt nichts, nur etliche Disteln im Geröll. „Gnädiger Herr!", sagte der Esel erbost und richtete eine lange Rede an das Jesuskind, eine Eselsrede zwar, aber scharfsinnig und ungemein deutlich in allem, worüber die leidende Kreatur vor Gott zu klagen hat. „I-A!", schrie er am Schluss, das heißt: „So wahr ich ein Esel bin!" Das Kind hörte alles aufmerksam an. Als der Esel fertig war, beugte es sich herab und brach einen Distelstengel, den bot es ihm an. „Gut!", sagte er, bis ins Innerste beleidigt. „So fresse ich eben eine Distel! Aber in deiner Weisheit wirst du voraussehen, was dann geschieht. Die Stacheln werden mir den Bauch zerstechen, sodass ich sterben muss, und dann seht zu, wie ihr nach Ägypten kommt!" Wütend biss er in das harte Kraut, und sogleich blieb ihm das Maul offen stehen. Denn die Distel schmeckte durchaus nicht, wie er es erwartet hatte, sondern nach süßestem Honigklee, nach würzigstem Gemüse. Niemand kann sich etwas derart Köstliches vorstellen, er wäre denn ein Esel.

Für diesmal vergaß der Graue seinen ganzen Groll. Er legte seine langen Ohren andächtig über sich zusammen, was bei einem Esel so viel bedeutet, wie wenn unsereins die Hände faltet.

Karl Heinrich Waggerl

Das kleine Mädchen mit den Schwefelhölzern

Es war entsetzlich kalt; es schneite, und der Abend dunkelte bereits; es war der letzte Abend im Jahre, Silvesterabend. In dieser Kälte und in dieser Finsternis ging auf der Straße ein kleines armes Mädchen mit bloßem Kopfe und nackten Füßen. Es hatte wohl freilich Pantoffeln angehabt, als es von zu Hause fortging, aber was konnte das helfen! Es waren sehr große Pantoffeln, sie waren früher von seiner Mutter gebraucht worden, so groß waren sie, und diese hatte die Kleine verloren, als sie über die Straße eilte, während zwei Wagen in rasender Eile vorüberjagten; der eine Pantoffel war nicht wiederaufzufinden und mit dem anderen machte sich ein Knabe aus dem Staube, welcher versprach, ihn als Wiege zu benutzen, wenn er einmal Kinder bekäme.

Da ging nun das kleine Mädchen auf den nackten zierlichen Füßchen, die vor Kälte ganz rot und blau waren. In ihrer alten Schürze trug sie eine Menge Schwefelhölzer und ein Bund hielt sie in der Hand. Während des ganzen Tages hatte ihr niemand etwas abgekauft, niemand ein Almosen gereicht. Hungrig und frostig schleppte sich die arme Kleine weiter und sah schon ganz verzagt und eingeschüchtert aus. Die Schneeflocken fielen auf ihr langes blondes Haar, das schön gelockt über ihren Nacken hinabfloß, aber bei diesem Schmucke weilten ihre Gedanken wahrlich nicht. Aus allen Fenstern strahlte heller Lichterglanz und über alle Straßen verbreitete sich der Geruch von köstlichem Gänsebraten. Es war ja Silvesterabend, und dieser Gedanke erfüllte alle Sinne des kleinen Mädchens.

In einem Winkel zwischen zwei Häusern, von denen das eine etwas weiter in die Straße vorsprang als das andere, kauerte es sich nieder. Seine kleinen Beinchen hatte es unter sich gezogen, aber es fror nur noch mehr und wagte es trotzdem nicht, nach Hause zu gehen, da es noch kein Schächtelchen mit Streichhölzern verkauft, noch keinen Heller erhalten hatte. Es hätte gewiß vom Vater Schläge bekommen, und kalt war es zu Hause ja auch; sie hatten das bloße Dach gerade über sich, und der Wind pfiff schneidend hinein, obgleich Stroh und Lumpen in die größten Ritzen gestopft waren. Ach, wie gut musste ein Schwefelhölzchen tun! Wenn es nur wagen dürfte, eins aus dem Schächtelchen herauszunehmen, es gegen die Wand zu streichen und die Finger daran zu wärmen! Endlich zog das Kind eins heraus. Ritsch! Wie sprühte es, wie brannte es. Das Schwefelholz strahlte eine warme helle Flamme aus, wie ein kleines Licht, als es das Händchen um dasselbe hielt. Es war ein merkwürdiges Licht; es kam dem kleinen Mädchen vor, als säße es vor einem großen eisernen Ofen mit Messingbeschlägen und Messingverzierungen; das Feuer brannte so schön und wärmte so wohltuend! Die Kleine streckte schon die Füße aus, um auch diese zu wärmen – da erlosch die Flamme. Der Ofen verschwand – sie saß mit einem Stümpchen des ausgebrannten Schwefelholzes in der Hand da. Ein neues wurde angestrichen, es brannte, es leuchtete, und an der Stelle der Mauer, auf welche der Schein fiel, wurde sie durchsichtig wie ein Flor. Die Kleine sah gerade in die Stube hinein, wo der Tisch mit einem blendend weißen Tischtuch und feinem Porzellan gedeckt stand, und köstlich dampfte die mit Pflaumen und

Äpfeln gefüllte, gebratene Gans darauf. Und was noch herrlicher war, die Gans sprang aus der Schüssel und watschelte mit Gabel und Messer im Rücken über den Fußboden hin; gerade die Richtung auf das arme Mädchen schlug sie ein. Da erlosch das Schwefelholz, und nur die dicke kalte Mauer war zu sehen. Sie zündete ein neues an. Da saß die Kleine unter dem herrlichsten Weihnachtsbaum; er war noch größer und weit reicher ausgeputzt als der, den sie am Heiligabend bei dem reichen Kaufmann durch die Glastür gesehen hatte. Tausende von Lichtern brannten auf den grünen Zweigen, und bunte Bilder, wie die, welche in den Ladenfenstern ausgestellt werden, schauten auf sie hernieder, die Kleine streckte beide Hände nach ihnen in die Höhe – da erlosch das Schwefelholz. Die vielen Weihnachtslichter stiegen höher und höher, und sie sah jetzt erst, dass es die hellen Sterne waren. Einer von ihnen fiel herab und zog einen langen Feuerstreifen über den Himmel.

„Jetzt stirbt jemand!", sagte die Kleine, denn die alte Großmutter, die sie allein freundlich behandelt hatte, jetzt aber längst tot war, hatte gesagt: „Wenn ein Stern fällt, steigt eine Seele zu Gott empor!"

Sie strich wieder ein Schwefelholz gegen die Mauer; es warf einen weiten Lichtschein ringsumher, und im Glanze desselben stand die alte Großmutter hell beleuchtet mild und freundlich da.

„Großmutter!", rief die Kleine, „oh, nimm mich mit dir! Ich weiß, dass du verschwindest, sobald das Schwefelholz ausgeht, verschwindest, wie der warme Kachelofen, der köstliche Gänsebraten und der große flimmernde Weihnachtsbaum!" Schnell strich sie den ganzen Rest der Schwefelhölzer an, die sich noch im Schächtelchen befanden, sie wollte die Großmutter festhalten; und die Schwefelhölzer verbreiteten einen solchen Glanz, dass es heller war als am lichten Tag. So schön, so groß war die Großmutter nie gewesen; sie nahm das kleine Mädchen auf ihren Arm, und hoch schwebten sie empor in Glanz und Freude; Kälte, Hunger und Angst wichen von ihm – sie war bei Gott. Aber im Winkel am Hause saß in der kalten Morgenstunde das kleine Mädchen mit roten Wangen, mit einem Lächeln um den Mund – tot, erfroren am letzten Tage des alten Jahres. Der Morgen des neuen Jahres ging über der kleinen Leiche auf, die mit den Schwefelhölzern, wovon fast ein Schächtelchen verbrannt war, dasaß. „Sie hat sich wärmen wollen!", sagte man. Niemand wusste, was sie Schönes gesehen hatte, in welchem Glanze sie mit der alten Großmutter zur Neujahrsfreude eingegangen war.

HANS CHRISTIAN ANDERSEN

Das Geschäft mit Weihnachten

An sogenannten Verkaufsmessen konnten sich im Spätmittelalter Bürger mit Fleisch und winterlichen Gütern eindecken. Bald schon erlaubten einige Städte den Aufbau von Buden, um dort Spielsachen, Nüsse und Gebäck zu verkaufen. Es war der Beginn einer Tradition, die bis heute ungebrochen in ihrer Beliebtheit ist: die Weihnachtsmärkte, auch Christkindlmärkte genannt. Bestückt mit Buden, die von alters her Weihnachtszubehör wie Baumschmuck, Krippenfiguren, Wachsmodeln und Kerzen verkaufen. Dazu Naschereien und regionale Schmankerl. Bereits 1310 wird in Münchner Chroniken ein Weihnachtsmarkt erwähnt. Heute gruppieren sich rund um das Rathaus 130 Buden. Mit fast 3 Millionen Besuchern ist er einer der großen unter den Christkindlmärkten. Ähnlich Leipzig, wo man mit 250 Buden und einem freistehenden Adventskalender mit den größten Christkindlmarkt Deutschlands betreibt. Der wohl Bekannteste ist der Nürnberger Christkindlmarkt, vielleicht wegen der Lebkuchen und der deftigen Speisen, die einen die Winterkälte ertragen lassen. Aber auch wegen des hübschen Christkinds, das jedes Jahr auftritt und von einer Schauspielerin gesprochen wird.

Andere Länder, gleiche Sitten

Überall, wo Weihnachten und Schnee eine Einheit bilden, finden Weihnachtsmärkte statt: Schweiz, Österreich, Luxemburg, Slowakei, Südtirol, Elsass, ja auch Schweden, sie alle sind seit Jahrhunderten traditionelle Marktländer.
Bereits 1294 erlaubte die Stadt Wien das Abhalten eines Dezembermarktes und ist damit einer der ältesten Plätze für den geselligen Brauch, bei dem bis heute der Verkauf von Handwerkskunst, Kerzen, Lebkuchen und Magenbrot, Glühwein, Met und Weihnachtsschmuck im Mittelpunkt steht. Ein kleines Zugeständnis an die Neuzeit sind Märkte mit künstlerischem, oder zeitgeistigem Anspruch. Mal hippiemäßig, mal ethnoschick, dann wieder alternativ oder echt mittelalterlich geht es dann zu, aber immer stehen Essen und Trinken an erster Stelle der vorweihnachtlichen Volksfreude, die trotz ihres hohen Alters unheimlich angesagt ist.

CHRISTINE PAXMANN

Die Weihnachtsgeschichte

Es begab sich aber zu der Zeit, dass ein Befehl von Kaiser Augustus ausging, dass alle Einwohner unter römischer Herrschaft gezählt würden. Diese Schätzung war die erste und wurde durchgeführt zu einer Zeit, da Cyrenius Landpfleger in Syrien war. Für diese Zählung musste sich jeder in seine Heimatstadt begeben.

Und es brach auch auf Josef aus Galiläa, aus der Stadt Nazareth, in das jüdische Land zur Stadt Davids, die da heißt Bethlehem, weil er von dem Hause und Geschlechte Davids war, auf dass er sich zählen ließe mit Maria, seinem angetrauten Weibe. Die war schwanger. Und als sie in Bethlehem waren, kam die Zeit, dass sie gebären sollte. Und sie gebar einen Sohn und wickelte ihn in Windeln und legte ihn in eine Krippe. Denn sie hatten sonst keinen Raum in der Herberge und mussten im Stall schlafen.

Und es waren Hirten in derselben Gegend auf dem Felde, die hüteten des Nachts ihre Herde. Und siehe: Des Herrn Engel trat zu ihnen, und die Klarheit des Herrn leuchtete um sie; und sie fürchteten sich sehr. Und der Engel sprach zu ihnen: „Fürchtet euch nicht! Siehe, ich verkündige euch große Freude, die allem Volk widerfahren wird; denn euch ist heute der Heiland geboren, welcher ist Christus, der Herr, in der Stadt Davids. Und das habt zum Zeichen: Ihr werdet finden das Kind in Windeln gewickelt und in einer Krippe liegen."

Und alsbald war da bei dem Engel die Menge der himmlischen Heerscharen, die lobten Gott und sprachen: „Ehre sei Gott in der Höhe und Friede auf Erden und den Menschen ein Wohlgefallen!"

Und da die Engel von ihnen gen Himmel fuhren, sprachen die Hirten untereinander: „Lasst uns nun gehen gen Bethlehem und die Geschichte sehen, die da geschehen ist, die uns der Herr kundgetan hat."

Und sie kamen eilend und fanden beide, Maria und Josef, dazu das Kind in der Krippe liegen. Da sie es aber gesehen hatten, breiteten sie das Wort aus, welches zu ihnen von diesem Kinde gesagt war. Und alle, vor die es kam, wunderten sich der Rede, die ihnen die Hirten gesagt hatten. Maria aber behielt alle diese Worte und bewegte sie in ihrem Herzen. Und die Hirten kehrten wieder um, priesen und lobten Gott um alles, was sie gehört und gesehen hatten, wie denn zu ihnen gesagt war.

LUKAS

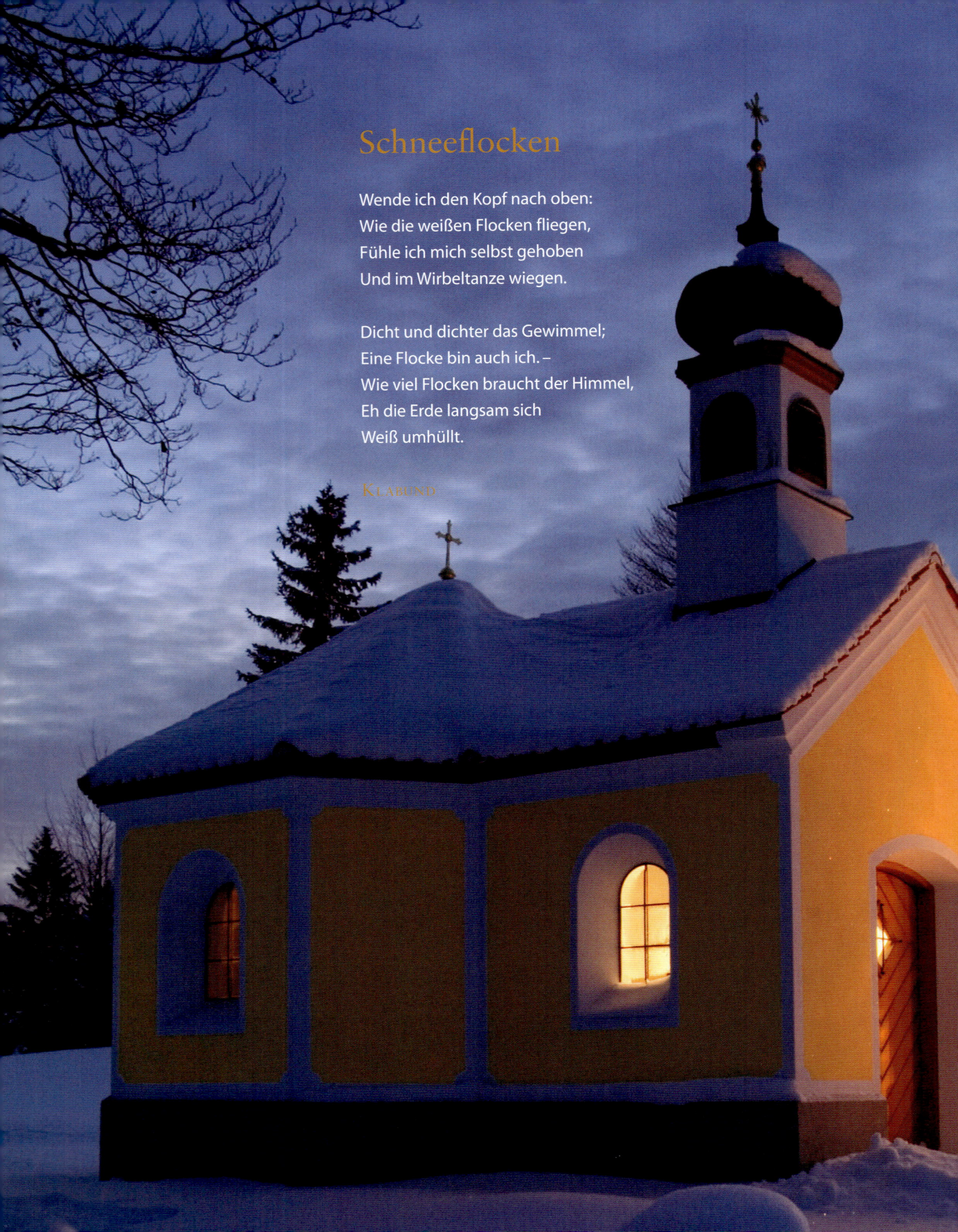

Schneeflocken

Wende ich den Kopf nach oben:
Wie die weißen Flocken fliegen,
Fühle ich mich selbst gehoben
Und im Wirbeltanze wiegen.

Dicht und dichter das Gewimmel;
Eine Flocke bin auch ich. –
Wie viel Flocken braucht der Himmel,
Eh die Erde langsam sich
Weiß umhüllt.

KLABUND

Schneemann

„Seht den Mann, o große Not!
Wie er mit dem Stocke droht
Gestern schon und heute noch!
Aber niemals schlägt er doch.
Schneemann, bist ein armer Wicht,
hast den Stock und wehrst dich nicht."

Freilich ist's ein gar armer Mann,
der nicht schlagen noch laufen kann.
Schleierweiß ist sein Gesicht.
Liebe Sonne, scheine nur nicht,
sonst wird er gar wie Butter weich
und zerfließt zu Wasser gleich.

WILHELM HEY

Winternacht

Vor Kälte ist die Luft erstarrt,
es kracht der Schnee von meinen Tritten,
es dampft mein Hauch, es klirrt mein Bart;
nur fort, nur immer fortgeschritten.

Wie feierlich die Gegend schweigt!
Der Mond bescheint die alten Fichten,
die, sehnsuchtsvoll zum Tod geneigt,
den Zweig zurück zur Erde richten.

Frost, friere mir in's Herz hinein,
Tief in das heiß bewegte, wilde!
Dass einmal Ruh mag drinnen sein,
wie hier im nächtlichen Gefilde!

NIKOLAUS LENAU

Was unternehme ich Silvester?

Soll ich zu Kallmanns gehen? Die zünden ihren Tannenbaum an, drehen das Grammophon auf, das ihnen „Stille Nacht, heilige Nacht" vorkratzt, die Kinder lagern sich mit den Torsos ihrer Spielsachen auf den guten Teppich, und Vater raucht die neue Pfeife an. Mutter Kallmann spricht mit mir über die Dienstbotenmisere, und ich sage: „Jawohl, gnädige Frau! … Gewiss, gnädige Frau! … Denken Sie nur, gnädige Frau!" Das andre sagt sie. Ich werde doch lieber nicht zu Kallmanns gehen.

Soll ich zu meiner Freundin mit der schönen Seele und den dicken Beinen gehen? Sie wird feuchte, große Augen machen und mich mit Erinnerungen plagen. Sie wird feierlich gestimmt sein, was ihr gar nicht steht, und wird hochzeremoniös – auch sie – den Weihnachtsbaum entzünden und sagen: „Lieber Peter …" Bu. Ich werde doch lieber nicht zu meiner schönen Seele gehen.

Soll ich auf einen öffentlichen Ball gehen? Da werden sich zweitausend Menschen in Räumen drängen, die nur für zweihundert berechnet sind. Kellner werden sich den Sacharinsekt zu Valutapreisen aus den Händen schlagen lassen, und irgendwo im Wirbel und Rauch lärmt eine Kapelle. In der Mitte tun ein paar Leute so, als ob sie tanzten. Es sind alle da: Man zeigt sich die Herren aus der Wilhelmstraße, Kino-Namen werden geflüstert, und die Bühne hat ihre besten Vertreter … auch die Wissenschaft … Nur die Kokotten benehmen sich anständig. Wer wird auch Silvester fachsimpeln, wenn mans das ganze Jahr tun muss …! Die Luft wird stickig und verbraucht sein, die Scherze auch. Nein – ich werde doch lieber nicht auf einen öffentlichen Ball gehen.

Soll ich auf einen privaten Ball gehen? (Oho! Ich bin eingeladen!) Die Zimmer werden ausgeräumt sein, die Lampen blau und lila umkleidet. Es wird Sekt geben und kleine Brötchen. Am Klavier ein Mann und eine Geige. Es wird viel und hingebend getanzt. Auf dem Teppich und auf den Sofas knautschen sich die Paare, so, als ob es auf der ganzen weiten Welt kein Bett gäbe. Nur die festen Verhältnisse benehmen sich anständig. (Man soll nichts verreden.) Die Tochter vom Haus wird alle Minen ihres goldenen Temperaments springen lassen – sie findet es so furchtbar interessant, das alte Wort zu variieren: Immer davon sprechen, aber es nie tun! Die jungen Herren werden sich bei den jungen Damen alle Freiheiten erlauben, weil sie nichts kosten. Auch Hessen-Nassau ist eine Provinz. Nein, ich werde doch lieber nicht auf einen privaten Ball gehen.

Also: was dann? Ich schlage vor, wir füllen die kleine blaue Blumenvase wie gewöhnlich mit roten Blumen und trinken einen stillen roten Wein. Vielleicht erwachst du nachts so gegen zwölf. Ich werde dir dann sagen: „Liebe – ich glaube, jetzt muss ich mir einen Zylinder aufsetzen und du schlägst ihn ein. Das ist so Sitte." Und darauf du: „Ich bin so müde. Gute Nacht."

Und wenn du morgen früh aufwachst, ist es – wetten, dass? – 1922, und ich küsse dir das neue Jahr aus den Augen. Und da es ein alter Aberglaube ist, dass man das ganze Jahr hindurch tun wird, was man Silvester tut, so eröffnen sich für uns freundliche und wahrhaft erfrischende Perspektiven. Prosit Neujahr!

PETER PANTER, schrieb die Geschichte 1921 für die Weltbühne,
eine Wochenzeitschrift für Politik, Kultur und Gesellschaftskritik.
Der Name ist eines seiner vielen Pseudonyme und steht für: Kurt Tucholsky (1890–1935).

Zum Jahresausklang

Am letzten Tag des Jahrs
blick' ich zurück aufs ganze,
Und leuchten seh' ich es
gleich einem Gottesglanze.

Es war nicht lauter Licht,
nicht lauter reines Glück,
Doch nicht ein Schatten blieb
in meinem Sinn zurück.
Die Freuden blühn mir noch,
die Leiden sind erblichen,
Und im Gefühl des Danks
ist alles ausgeglichen.

Ich gab mit Lust der Welt
das Beste, was ich hatte,
Und freute mich zu sehn,
dass sie's mit Dank erstatte.
Nichts Bessres wünsch' ich mir,
als dass so hell und klar,
Wie das vergangne sei
mir jedes künft'ge Jahr.

FRIEDRICH RÜCKERT

Vom Dunkel zum Licht – von Raunächten bis Mariä Lichtmess

Auch wenn die Zeit um Heiligabend, ja in manchen Gegenden bis zum Heiligedreikönigs-tag, als eine urchristliche angesehen wird, ist sie doch umflort von allerlei vorchristlichem Brauchtum und Mythischem. So werden die zwölf Tage zwischen dem 24. Dezember und dem 6. Januar als Raunächte bezeichnet. Wie es zu diesem urwüchsigen Namen kam, ist bis heute ethymologisch umstritten. Ob er auf das mittelhochdeutsche „ruch" für „haarig" zurückgeht, das sich dann auf Fell und Pelz beziehen würde, oder auf den Weihrauch, mit dem die Prie-ster die Ställe beräuchert haben, um das Böse auszutreiben, lässt sich mit Bestimmtheit nicht sagen. Vermutlich stammt die Besonderheit aus den Zeiten, in denen man noch mit dem Lunarkalender, also den Mondläufen, das Jahr unterteilt hat und dann den angehängten 13. Monat benannte, um das Jahr rechnerisch zu vervollständigen. Diese dunklen „Extratage", so zeitnahe an der Wintersonnenwende und schließlich an Christi Geburt, waren wie geschaffen zur Legendenbildung. Keine weiße Wäsche sollte gewaschen werden, denn sie würde das Böse anlocken, keine Wäscheleinen durften gespannt werden, denn darin würde sich das Böse verstricken und im Haus bleiben.

Der Aberglaube schenkte jeder der Raunächte eine Bedeutung. Und so mancher Bauer schreibt heute noch auf, wie das Wetter an den einzelnen Tagen dieser Zeit ist – denn jeder steht für einen Monat – und zeigt an, wie das Wetter im Jahr drauf wird. Schließlich hat auch das Silvesterböllern den Grund, alles Widrige zu vertreiben. Bis zum 5. Januar halten sich vie-lerorts die oft rustikalen Bräuche. Im Alpenraum gehen schließlich in der Nacht zum 6. Januar die Pärchten um, in Fell gekleidete Maskenträger, um das Böse mit Gleichem zu erschrecken. Der Heiligedreikönigtag setzt dem Spuk ein Ende, der Weihnachtszeit allerdings noch nicht. In vielen Gegenden ist es Brauch, den Weihnachtsbaum bis zum 2. Februar, Mariä Lichtmess, zu behalten. Denn dann beginnt das Bauernjahr, und das alte Knechtjahr geht zu Ende. Frü-her erhielten Mägde und Knechte dann ihr Geld und oft noch ein paar Schuhe und vor allem die Erlaubnis, an diesem Tag zu heiraten. Es wurde ausgehandelt, ob sie bleiben und auf ein weiteres Jahr Anstellung hoffen konnten oder ob sie weiterziehen würden. So bedeutend war dieser Schluss- und Anfangspunkt im bäuerlichen Leben, dass Lichtmess bis 1912 in Deutsch-land Feiertag war.

CHRISTINE PAXMANN

Register

Bildnachweis
Flora Press: U1 klein mitte links, S. 13 beide unten, 26, 53 alle, 55, 63 unten rechts, 64, 97, 131
Fotolia: S. 4 beide, 5 beide, 13 oben links, 21 oben links, 28 liegt vor, 49, 84, 132 unten
iStockphoto: S. 30 beide unten, 30 oben links, 63 unten links, 79, 83 unten, 129
Living4Media: S. 13 oben rechts, 14, 17, 37, 51, 61, 67, 68, 71, 74, 76, 87, 116, 119 oben links,
121 alle, 139
Bildagentur Look: U1 klein mitte rechts, S. 7, 10, 24, 33, 81, 83 oben, 119 unten rechts, 123 alle,
124, 125, 127 alle, 132 oben, 136
Shotshop: S. 94, 119 oben rechts, 119 unten links
Stockfood: U1 groß, U1 klein links, U1 klein rechts, U4 alle, Rücken, S. 9, 19 beide, 20 alle,
21 beide unten, 21 oben rechts, 23, 30 oben rechts, 35, 39 alle, 40 beide, 41 beide, 43, 44 beide,
47 alle, 56 beide, 57 beide, 59, 63 beide oben, 65, 93, 98, 101 alle, 102 beide, 105, 107, 109, 111,
112, 114, 115, 141

Textquellen
S. 27: Karl Heinrich Waggerl: Die stillste Zeit im Jahr, aus: Johannes Thiele (Hrsg.): Das große Haus-
buch, Herder 1995; S. 28: © Rosel Termolen; S. 72: © Peter Dausend; S. 90: © Pearl S. Buck (aus dem
Amerikanischen von H. B. Wagenseil); S. 128: © Karl Heinrich Waggerl; S. 138: © Kurt Tucholsky.
Leider konnten nicht alle Quellen, Rechteinhaber und Autoren ausfindig gemacht werden.
Der Verlag ist für jeden Hinweis dankbar.

ISBN 978-3-86362-018-9

Gestaltung, Bildredaktion und Satz: Christine Paxmann text • konzept • grafik, München

2. Auflage 2014
Copyright © 2013 Verlags- und Vertriebsgesellschaft Dort- Hagenhausen Verlag- GmbH & Co. KG, München

Printed in Italy 2014

Verlagswebsite: www.d-hverlag.de
Themenwebsite: www.aus-liebe-zum-landleben.de

FSC
www.fsc.org
MIX
Papier aus ver-
antwortungsvollen
Quellen
FSC® C081623